KB161246

소문의 주인공

●REC

소문의 주인공

미나 뤼스타 지음 | 손화수 옮김

푸른숲주니어

차
례

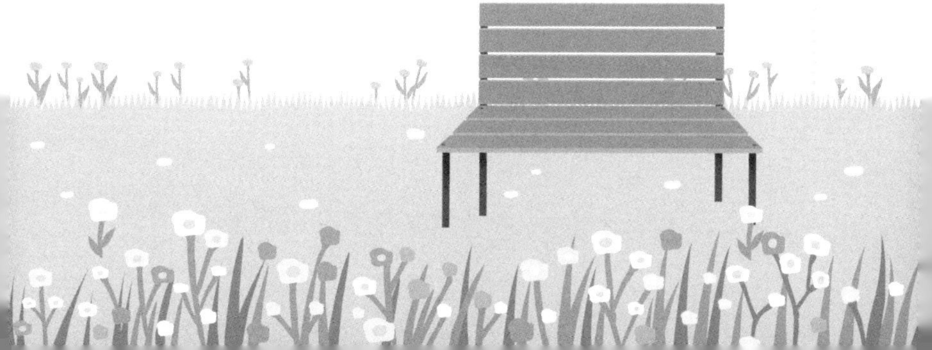

관심이
필요해

산소가 없는 곳에서 사람이 버틸 수 있는 시간은 기껏해야 사 오 분이다. 그 시간이 지나면 신경 세포가 죽어 버려서 다시 되 살아나지 못한다고 한다. 그러니까 내가 의식을 잃기까지 이 분 밖에 남지 않은 셈이다. 제발 그 전에 누가 창문을 좀 열어 주면 좋겠는데…….

"무겁지?"

내 무릎 위에 엉거주춤하게 앉아 있던 이딜이 한껏 미안한 표 정으로 물었다.

최근에 학교 신문 구독자가 급격히 줄어들자, 이 위기 상황에 대처하기 위해 긴급회의가 열렸다. 회의실은 사람들로 꽉 찼다.

몇몇은 벽에 기대어 서거나 책상 위, 또는 바닥에 앉아 있었다.

"괜찮아."

나는 이딜에게 다섯 번째로 같은 대답을 속삭였다.

"무거우면 말해. 바닥에 앉아도 괜찮으니까."

"진짜진짜 괜찮아."

이딜이 씩 웃었다.

"역시 넌 정말 좋은 친구야. 네 덕분에 새로 산 바지가 더러워지지 않겠어."

나는 이딜에게 살짝 웃어 준 후, 칠판을 등지고 앉은 마가 선배를 바라보았다. 3학년인 마가 선배는 1학년 때부터 신문사에서 일했는데, 역대 가장 뛰어난 능력자로 인정받는 편집장이었다. 그 선배는 올해가 지나면 졸업을 해야 했다. 그래서 그 전에 옛 명성을 되찾는 것이 자신의 마지막 임무라나?

"요즘 1학년들이 뭘 좋아하는지는 모르겠지만, 그게 무엇이든 학교 신문이 아닌 것만은 확실해."

마가 선배가 고개를 절레절레 저으며 깊은 한숨을 내뱉었다. 선배 뒤의 칠판에는 하향 곡선을 그리는 구독자 수와 올해 남은 시간을 보여 주는 그래프가 붙어 있었다.

"그렇지 않고선 조회 수가 이럴 리 없어."

나는 몸을 살짝 비틀어 신문사 구석구석으로 눈길을 던졌다. 기삿거리를 요약한 메모지로 가득한 게시판, 이딜과 함께 앉아 기사를 쓰는 창가 구석진 곳의 책상 두 개…….

"중학생들의 관심사를 읽어 내는 게 바로 우리 일이야. 요즘 유행하는 건 뭘까? 그들끼리 만나면 무슨 이야기를 나눌까? 각자 어떤 꿈을 가슴에 품고 있을까?"

마가 선배가 검지로 안경을 슥 추켜올리며 부원들에게 차례차례 눈길을 던졌다. 누군가의 대답을 기다리는 듯한 눈치였다. 하지만 입을 여는 사람은 아무도 없었다.

"내가 고작 오늘 같은 결과를 보려고 지난 3년 동안 밤낮없이 신문사에서 일을 한 게 아니야."

마가 선배가 마우스를 움직이더니 뭔가를 클릭했다. 그러자 노트북과 연결된 빔 프로젝터 화면에 예전 호 기사가 떴다.

여름 방학 때까지 수영장 사용 불가.

선배가 다시 우리에게로 시선을 던졌다.

"이 제목의 문제점을 아는 사람?"

아이들의 시선이 모두 화면으로 향했다. 이번에도 선뜻 입을 떼는 사람이 없었다.

"사실 딱히 문제는 없어. 아주 기본적인 제목이니까. 하지만 지루하잖아? 만약 이렇게 썼다면 어땠을까?"

마가 선배가 또 무언가를 클릭했다. 그러고는 자신만만한 표정으로 고개를 들었다.

기사의 내용과 사진은 똑같았지만, 제목이 완전히 달라져 있었다.

학생들의 배움에는 관심 없는 교장 선생님, "학생들이 익사해도 나는 모르는 일".

그때 에릭이 손을 번쩍 들었다. 마가 선배가 말하라는 듯 고갯짓을 했다.

"정말 그렇게 써도 돼요? 교장 선생님이 진짜로 그렇게 말씀하신 게 아닌데도요?"

마가 선배가 미소를 지었다.

"물론 그렇지. 하지만 수영장 문을 닫겠다는 건 학생들이 수영을 배우든 말든 관심 없다는 말이나 마찬가지잖아?"

마가 선배가 머리카락을 뒤로 휙 넘긴 후, 노트북으로 고개를 돌렸다. 잠시 후, 화면에 또 다른 제목의 기사가 떴다.

물 없는 수영장에서 수영해 보려던 학생, 발목 부상 입어.

몇몇 부원들 사이에서 웃음이 터져 나왔다. 마가 선배가 이맛살을 찌푸렸다. 순간, 공기가 차가워졌다. 회의실 내의 산소가 완전히 사라져 버린 것 같았다. 이마에 송글송글 땀방울이 맺히기 시작했다. 이딜도 온몸이 굳은 듯 꼼짝하지 않았다.

"그것도 일어나지 않은 일이잖아요!"

"맞아, 하지만 '앞으로 일어날지도 모르는 일'이야. 그건 동의하지? 기자들의 일이란 바로 이런 거야. 조회 수를 올리려면 이렇게 해야 한다고."

이딜이 내 쪽으로 슬쩍 고개를 기울이고는 '조회 수'라며 입을 뻐끔거렸다. 나는 이딜의 어설픈 흉내에 그만 웃음을 터뜨렸다.

"하지만! 상황이 아주 절망적이진 않아. 지금 가장 호응이 좋은 건 이딜이 맡고 있는 가십난과……."

마가 선배의 말에 이딜이 두 팔을 허공으로 번쩍 치켜들며 환호하는 시늉을 했다. 모두가 웃음을 터뜨렸다.

"……마리에가 맡은 칼럼이야. 〈졸업 후에는 무엇을 할 건가요?〉 말이야. 쟈넷 인터뷰는 지난달 기사 중에서 조회 수가 가장 높았지. 잘했어, 마리에."

나도 모르게 얼굴이 붉어졌다. 다른 사람의 시선이 부끄러워서 얼른 바닥을 내려다보았다. 그런데 그때 이딜이 내 손목을 잡아 위로 번쩍 들어 올렸다.

"하지 마, 이딜."

나는 후다닥 팔을 빼서 아래로 끌어내렸다.

"그래서 하는 말인데, 마리에의 칼럼에 좀 더 집중했으면 해.

이미 보증된 소재니까 더 잘 활용해야지."

마가 선배가 웃으며 책상 위로 몸을 굽히자, 귀에 단 커다란 귀고리가 앞뒤로 달랑거렸다. 그 귀고리를 계속 바라보고 있자니, 꼭 최면에 걸리는 기분이었다.

"마리에, 다음 인터뷰 대상은 타리예이야. 지금 우리 학교의 가장 큰 관심사거든. 최소한 여자아이들에게는 그럴 거야."

사방에서 코웃음과 탄성이 터져 나왔다. 이딜도 나를 돌아보며 잔뜩 흥분한 목소리로 외쳤다.

"대박이다, 마리에!"

숨이 턱 막혔다. 타리예이 선배라고? 가슴이 답답해지면서 손가락 끝이 간질간질해졌다. 그 이름을 아무렇지도 않게 꺼낸 마가 선배가 이상해 보일 정도였다. 마가 선배가 이딜에게 조용히 하라는 신호를 보냈다.

"타리예이한테는 이미 말해 두었어. 관심 끄는 걸 싫어하기는 하지만, 초등학교 때부터 알고 지낸 사이라 인터뷰 요청이 어렵진 않았어. 아무튼 이따가 연락처를 알려 줄게."

'타리예이 선배의 전화번호래!'

이딜이 눈을 커다랗게 치켜뜨고 다시 입을 뻐끔거렸다. 나는 이딜을 살짝 때리며 마가 선배에게 고개를 끄덕여 보였다. 별거 아닌 척 무덤덤해 보이려 애썼다. 하지만 발끝에서 시작된 긴장감이 온몸을 타고 머리끝까지 올라왔다.

3학년인 타리예이 선배는 자기가 원하는 샌드위치를 사지 못하면 중앙 현관에서 가방을 발로 뻥 차 버리는 사람이라고 들었다. 그만큼 남들 눈을 신경 쓰지 않는 데다가, 모르는 사람과는 절대 대화를 나누지 않을 만큼 무뚝뚝한 성격이라나?

하지만 보기만 해도 넋이 나갈 정도로 잘생겨서, 입학 때부터 여학생들의 관심을 한 몸에 받았다. 그러니까 소문으로만 따지면 '잘생긴 또라이'라는 소리였다. 내 성격에 그런 사람과 마주 앉으면 인사조차 제대로 건네지 못할 게 뻔한데…….

"잘해 봐, 마리에. 이번 인터뷰 반응에 따라 신문사 상황도 달라지겠지. 아, 부담 가지라는 뜻은 아니고."

마가 선배가 재미있는 농담이라도 한 것처럼 크게 웃음을 터뜨렸다. 그러고는 다들 해산하라고 손짓하며 한마디 더 덧붙였다.

"내가 졸업하면 편집장 자리를 이어받을 사람이 필요해. 누가 좋을지 각자 생각해 봐."

예전에는 어디서든 에스펜을 금방 발견할 수 있었다. 하지만 이제는 찾아내기가 쉽지 않았다. 머리색이 아주 평범해졌기 때문이다.

에스펜의 머리칼은 보라색, 녹색, 파란색을 거쳐 금색으로 바뀌었다. 원래의 머리색으로 되돌아간 것이다. 에스펜은 나의 아주 오래된 소꿉친구로, 작년까지만 해도 줄곧 붙어 다니는 사이었다. 그런 나조차도 원래의 색깔을 잊어버릴 만큼, 그동안은 꽤 자주 머리색을 알록달록하게 바꾸어 왔다.

그 바람에 언젠가부터 바로 옆을 지나쳐도 에스펜을 금방 알아채지 못하곤 했다. 특히 점심시간에 매점으로 갈 때, 모두가 한꺼번에 쏟아져 나와 옆 사람과 부딪힐 만큼 복잡할 때, 그러니까 바로 지금 같은 때 말이다.

"안녕!"

깜짝 놀라서 돌아보니, 녹색 눈동자가 나를 지그시 바라보고 있었다.

"어……, 안녕."

에스펜은 나보다 훨씬 자유롭고 무던한 성격이었다. 그것을 증명이라도 하듯 아무렇지도 않게 말을 걸었다. 몇 달 만에 마주한 건데도 마치 바로 어제 만난 사이처럼.

"오랜만이네. 잘 지냈지?"

나는 대답 대신 어깨를 으쓱 들어 올렸다.

에스펜이 손에 들고 있던 녹색 가방을 오른쪽 어깨에 둘러멨다. 오늘은 연한 회색 스웨터 차림이었다. 그러고 보니 옷차림도 예전과 달라졌다. 전처럼 여러 벌을 겹겹이 껴입거나, 특이하게 리폼하거나, 와펜을 덕지덕지 붙이지 않았다. 무늬가 거의 들어가지 않은 밋밋한 옷을 입고 있었다.

"신문 만드는 일은 어때?"

"응, 재밌어."

"내 인터뷰는 안 해? 올해 경기에서 골을 가장 많이 넣은 사람인데. 조금만 더 있으면 신기록도 세울 수 있을걸?"

"경기 결과는 나도 알아. 하지만 스포츠는 내 담당이 아니야."

에스펜이 한 손으로 머리를 긁적였다. 짧은 머리……. 에스펜의 저 짧은 머리를 예전처럼 쓰다듬어 보고 싶은 충동이 느껴졌다. 하지만 이제 그러면 안 되었다. 나는 움칠거리는 왼쪽 손에 힘을 꾹 주었다. 그리고 회색 후드를 깊게 눌러쓰며, 매점에서 만나기로 한 이딜을 찾아 눈동자를 이리저리 굴렸다.

그때 누군가가 옆으로 다가왔다. 레아였다. 환하게 웃으며 다가오는 레아의 흰 피부와 머리칼이 창으로 들어오는 햇살에 반사되어 유난히 반짝였다. 잽싸게 돌아서서 자리를 뜨려고 했지만 이미 늦어 버렸다. 나는 우중충한 검붉은색 머리카락을 숨기기 위해 후드 끝을 잡아 더 아래로 내렸다.

"안녕, 마리에!"

"안녕, 레아."

레아는 내 대답을 듣는 둥 마는 둥 하고선 에스펜에게 다가가 가볍게 입을 맞추었다. 나는 얼른 두 사람으로부터 고개를 돌리고선 시선을 둘 만한 뭔가를 찾으려 애썼다. 살짝 웃던 에스펜이 뒤늦게야 민망했는지 헛기침을 하며 바닥을 내려다보았다.

다행히도 분위기가 더 어색해지기 전에 나의 구원자 이딜이 식당 반대편에서 달려왔다. 계산대 쪽에 있었는지, 양손에 먹을 것이 잔뜩 들려 있었다.

이딜의 손끝에서 달랑거리는 봉지를 본 에스펜이 내게 바짝 다가와 목소리를 낮추어 소곤댔다.

"아직도 딸기 요거트를 제일 좋아하지?"

"오, 이게 누구야! 에스펜이랑 레아잖아?"

에스펜과 레아를 발견한 이딜은 두 사람한테 밝게 인사를 건네고는 내게 딸기 요거트와 시리얼을 내밀었다. 나를 가장 잘 아는 게 여전히 에스펜이라는 사실을 부정할 틈도 없이 눈앞에서 증명한 꼴이 되어서 몹시 민망한 기분이 들었다. 다행히 나를 보자마자 불평을 쏟아 내는 이딜 덕분에 민망함은 생각보다 그리 오래가지 않았다.

"이제 오면 어떡해! 수업 끝나기 전에 미리 왔으니 망정이지, 점심시간 내내 줄 설 뻔했잖아."

그러고는 에스펜 쪽으로 다시 몸을 휙 돌렸다.

"대화 중이었다면 미안한데, 마리에 좀 데려가도 되지?"

"당연하지. 마리에는 내 것이 아니니까."

에스펜이 고개를 끄덕이며 소리 내어 웃었다. 하지만 레아는 따라 웃지 않았다. 아니, 에스펜의 대답을 듣고는 도리어 표정이 딱딱하게 굳었다.

나는 에스펜에게 애써 밝게 웃어 보인 후 발길을 돌렸다.

"안녕, 나중에 또 보자."

"응, 안녕."

나는 옷자락을 잡아당기는 이딜에게 이끌려 매점을 벗어났다. 밖으로 나가기 직전에 뒤를 슬쩍 돌아보았다. 레아가 에스펜에게 무언가를 말하고 있었다. 하지만 에스펜의 시선은 여전히 나를 향했다. 옆에 여자 친구를 두고서 여사친을 저렇게 오랫동안 바라보는 건 뭐지? 우리가 이제 친구만도 못한 사이라서 그런가? 도저히 알 수가 없었다.

"에스펜과 다시 말하기로 한 거야? 갑자기?"

이딜이 자전거 보관소 앞, 커다란 나무 아래에 자리를 잡으며 물었다. 폭신한 잔디와 나무 그늘이 있는 이곳은 학교의 온갖 소문을 몰래 주워듣기에 더없이 좋은 장소였다. 그런 이유로 이딜이 가장 좋아하는 곳이기도 했다.

나는 나무에 몸을 기대고 앉아 손에 든 요거트를 손으로 살살 돌렸다.

"그건 아니야. 애초에 대화하지 말자고 한 것도 아니었고."

이딜이 눈을 휘둥그레 뜨며 고개를 비스듬히 기울였다. 검정색 곱슬머리가 동그란 얼굴 옆에서 찰랑거렸다.

"그래?"

"물론 분위기가 좀…… 달라지기는 했지."

"서로 어색해서 죽을 것 같은 거?"

속으로는 뜨끔했지만 일부러 고개를 절레절레 저었다. 이딜이 거짓말하지 말라는 듯 다시 말했다.

"미안하지만 내가 보기엔 그렇던데? 말로는 아니라지만 멀리서 보니까 민망해서 어쩔 줄 몰라 하던걸? 어쩌면 그건 매일 껌딱지처럼 붙어 있는 레아 때문이 아닐까? 걔 때문에 분위기가 더 이상해지는 걸지도 몰라."

나는 요거트 뚜껑을 벗기고 시리얼을 부었다. 그리고 숟가락으로 시리얼을 섞으면서 천천히 입을 열었다.

"꼭 레아 때문에 그런 건 아니야."

이딜이 나를 지그시 바라보았다. 하고 싶은 말을 하지 못하고 머뭇거릴 때 짓는 표정이었다. 하지만 원래 궁금한 것을 참지 못하는 이딜의 망설임은 오래가지 않았다.

"두 사람이 같이 있는 걸 보는 게 불편한 거지?"

"예전만큼은 아니야. 지금은 괜찮아."

나는 이마를 살짝 찡그리며 대충 답했다. 내 기분을 더 꼼꼼하게 생각해 보기가 싫었다. 에스펜이 나 말고 레아를 선택했다는 사실을 들추어 그때의 감정을 되새기고 싶지 않다고나 할까.

이딜이 어깨를 가볍게 추켜올렸다.

"하긴, 아무렴 어때! 이제 에스펜보다 더 유명하고 인기 많은 사람과 친해질 텐데."

"뭐? 누구?"

이딜은 몸을 뒤로 젖히며 비장하게 말했다.

"당연히 타리예이 선배지! 이건 엄청난 행운이자 기회야."

저 말은 진심일 것이다. 이딜은 내 마음을 늘 정반대로 짐작하는 아이니까. 나는 고개를 절레절레 저으며 요거트를 한 숟갈 떠올렸다. 하지만 숟가락이 너무 작아서 위에 뿌린 시리얼이 후두둑 바닥으로 떨어졌다.

"제대로 인터뷰할 수 있을까⋯⋯."

내가 무릎 위에 떨어진 시리얼을 털어 내며 웅얼거리자, 이딜이 몸을 휙 세웠다.

"그게 무슨 맥 빠지는 소리야? 마가 선배 말을 벌써 잊었어? 네가 쓴 칼럼들은 반응이 엄청 좋잖아."

하지만 곧 한숨을 폭 내쉬었다.

"마가 선배가 판단력은 좀 별로긴 해. 그래도 네 칼럼에 관한 평가는 틀리지 않아."

"선배의 판단력이 별로라고? 혹시 너⋯⋯, 웹 TV 제안을 거절당한 게 아직도 불만인 거야?"

이딜이 코웃음을 쳤다.

"당연하지! 정말 능력 있는 편집장이라면 '가십 TV'가 얼마나 좋은 아이디어인지 단번에 알아챘을 거야. 그러니까 다음 편집장은 꼭 네가 되었으면 좋겠어. 그러면 편집장의 권한을 좀 이용

할 수 있을 테니까."

나는 웃음을 터뜨렸지만 이딜은 따라 웃지 않았다.

"하지만 그건 그냥 우스갯소리고……. 내가 마가 선배를 싫어하는 진짜 이유는 따로 있어. 너도 선배가 쓴 기사 제목들을 봤잖아? 제정신이 아니야. 하긴, 기본적인 신념이 없으니 그런 제목을 떠올리는 건지도 모르겠지만."

"그게 무슨 소리야?"

이딜이 코웃음을 픽 터뜨렸다.

"마가 선배가 위선을 떨고 있다는 뜻이야. 공공을 위해 기사를 쓰는 척하지만, 실제로는 아니라는 거지. 조회 수만을 위한 낚시성 기사에는 절대 동의할 수 없어. 물론 나도 가십을 좇지만 가짜로 지어내지는 않아. 진짜 있었던 일만을 쓴다고. 마가 선배는 신뢰할 만한 편집장이 아니야, 절대로."

나는 고개를 끄덕였다. 하지만 이딜이 더 길길이 날뛰기 전에 진정시켜야 했다.

"네 말도 맞아. 하지만 내게 닥친 당장의 문제는 이번 인터뷰야. 영 마음에 걸려."

이딜이 이해를 못하겠다는 듯한 표정으로 소리를 버럭 질렀다.

"대체 이번에는 왜 그래? 타리예이 선배를 만나게 됐는데! '감사합니다' 하고 무조건 가야지!"

그 소리에 멀지 않은 곳에 있는 3학년 선배 두 명이 이쪽을 힐

끔거렸다.

"쉿, 목소리 좀 낮춰!"

"미안해. 네가 방음이 철저하게 되는 공간에서도 비밀스럽게 이야기하는 아이라는 걸 깜빡 잊었어."

나는 이딜의 팔을 툭 쳤다.

"네 말대로 '그 타리예이 선배'를 만나는 게 신경 쓰인단 말이야. 알다시피 그 사람은 항상 화나 있는 것 같잖아. 무슨 느낌인지……, 너도 알지?"

이딜은 혀를 끌끌 차며 내 어깨를 톡톡 두드렸다.

"항상 하던 대로만 해. 미리 잘 준비하고, 그대로 읽기만 하면 되잖아. 잘될 거야. 확신해."

나는 고개를 끄덕이며 입 안에 있는 요거트를 꿀꺽 삼켰다. 다 잘될 거라는 이딜의 말이 틀리지 않기를, 타리예이 선배가 보이는 것과는 다른 사람이기를 바랐다.

타리예이
선배

쾅! 누군가가 문을 발로 찼다. 문이 벽에 부딪히면서 유리창이 깨어질 듯 떨리는 소리를 냈다. 나는 정리 중이던 캐비닛을 닫으며 소리가 난 쪽을 바라보았다. 복도에 있던 다른 학생 몇몇도 소리가 난 쪽을 흘깃거렸다.

그때 누군가의 발소리가 들렸다. 하늘로 치솟은 금색의 곱슬머리, 짙고 또렷한 눈썹, 축구 유니폼이 꼭 끼는 널찍한 어깨, 화난 것처럼 굳게 다문 입과 잔뜩 찡그린 이마……. 타리예이 선배였다.

복도를 가로막고 있던 아이들이 하나둘 벽 쪽으로 붙었다. 혹시라도 눈이 마주칠세라 다들 시선을 돌리기 바빴다. 나도 선뜻 움직이지 못했다. 선배가 지나갈 때까지 가만히 서서 기다리는 건 암묵적인 규칙 같은 것이었다. 물론 몇몇 여학생들을 제외하고는 말이다.

"네가 못했다는 소리가 아니야, 타리예이. 오해하진 마."

"그래?"

예스페르 선배의 말에 타리예이 선배가 짧게 대답했다. 낮은 목소리가 벽에 부딪히며 울렸다. 타리예이 선배의 목소리는 예스페르 선배의 목소리보다, 아니 우리 학교의 그 누구보다도 깊고 묵직했다. 예스페르 선배는 타리예이 선배와 늘 붙어 다니는 사이인데도 스타일이 정반대였다.

타리예이 선배의 녹색 운동화가 아주 규칙적인 소리를 내며 바닥을 디뎠다. 주변의 그 어떤 방해도 허용하지 않겠다는 듯이. 그런데 그때 바깥으로 삐쭉 튀어나와 있는 내 가방이 눈에 들어왔다. 이대로 놔두면 선배의 발에 걸릴 게 분명했다.

본능적으로 한쪽 발을 뻗어 가방을 끌어당겼다. 하지만 바닥이 미끄러워서 생각처럼 잘되지 않았다. 한참을 더듬거리던 내 발이 어딘가에 걸렸다. 윽, 바로 타리예이 선배의 발끝에!

가던 길을 방해받은 선배가 우뚝 멈춰 서서 자신의 발과 내 얼굴을 천천히 번갈아 보았다.

"너, 지금…… 발을 걸려고 한 거야?"

몸이 절로 굳었다. 하지만 타리예이 선배는 애초에 대답을 바라고 던진 질문이 아니라는 듯 금세 눈길을 돌렸다. 그러고는 원래 가던 방향으로 다시 걷기 시작했다.

그 대신 에스페르 선배가 어이없다는 표정으로 고개를 절레절레 저었다. 그러다 이내 타리예이 선배를 쫓아갔다. 내게 눈을 흘기는 것도 잊지 않고서.

두 사람이 복도를 돌아 사라지자 모두가 흩어졌다. 타리예이 선배를 쳐다보던 여학생들이 내 앞을 지나가며 코웃음을 쳤다.

나는 손을 들어 앞머리를 획획 헤집었다. 인터뷰 전까지는 눈에 띄지 않도록 몸을 사렸어야 했는데…… 방금 일어난 일들을 기억에서 몽땅 지우고 싶었다. 물론 불가능한 일이었다. 만약 자신을 취재할 사람이 나라는 사실을 알게 되면, 선배는 불같이 화를 내며 인터뷰 계획 자체를 엎어 버릴지도 모른다.

대화 창을 노려보았다.

안녕하세요.

잠깐 고민하다가 글자를 모두 삭제하고 다시 썼다.

안녕하세요^0^!

또 지웠다. 처음 인사하는 사이에 귀여운 척은 어울리지 않았다. 괜스레 민망해져서 창밖으로 시선을 돌렸다.

한숨이 푹 나왔다. 타리예이 선배가 아니라 다른 사람에게 보내는 거라고 생각하면 더 자연스럽게 쓸 수 있을까? 나는 눈을 꾹 감았다 뜬 뒤 천천히 손가락을 움직였다.

안녕하세요.
선배가 인터뷰를 수락했다고 들었어요. 연락처는 마가 선배한테 받았고요. 인터뷰를 언제 하면 좋을까요? _ 마리에

나쁘지 않은 것 같았다. 딱히 군더더기도 없었다. 나는 메시지 끝에 쓴 내 이름을 한참 바라보다가 그 앞에 학년을 덧붙였다.

_ 2학년 마리에

내가 누군지를 정확히 알려야만 할 것 같았다. 일종의 사전 정보를 주는 셈이었다.

딩동. 마치 기다리고 있었던 것처럼 곧장 답장이 왔다. 5초도 채 걸리지 않은 것 같았다.

내일 어때?

내일? 그렇게 빨리? 인터뷰 준비가 아직인데……. 하지만 너무 긴장한 나머지, 나도 모르게 곧바로 엄지 이모티콘을 보내 버렸다. 망했다!

> 방과 후 우리 집, 괜찮아?

보통 인터뷰는 교내에서 진행했다. 인터뷰 대상의 집에 가서 한 적은 없었다. 답장을 치려던 손가락이 딱딱하게 굳었다. 어떻게 답해야 하지? 잘 모르는 사람의 집을 방문하는 일에 익숙한 것처럼 보이려면 대체 뭐라고 해야 해?

> 좋아요!

이게 최선의 답이었다. 초등학생 같은 느낌이 들었지만 어쩔수가 없었다. 그나저나 선배네 집이 어디지? 집 주소를 물어도 되나?

자연스럽게 주소를 물을 방법을 고민하던 중, 마치 내 마음을 읽기라도 한 것처럼 메시지가 도착했다.

> 학교 끝나고 같이 가자. 내일 탈의실 앞에서 기다려.

내가 대답을 보내기 전에 선배가 또 메시지를 보냈다.

> 내일 보자, 너드.

'너드'……! 타리예이 선배는 내가 몇 학년인지는 물론, 누구인지도 알고 있었다! 그러니까 작년에 있었던 일을 다 알고 있다는 뜻이었다.

나는 휴대폰을 내려놓고 노트북을 열었다. 화면 왼쪽 구석에 작은 폴더가 있었다. 지난날의 모든 것을 담아 둔 '과거'라는 이름의 폴더가.

작년에 과제 발표회를 준비하면서 만들었던 파일들은 거의 삭제했지만 아직 몇 개가 남아 있었다. 그중 첫 번째 영상을 열었다. 에스펜의 방, 하얀 벽을 배경으로 서 있는 내 모습이 화면을 채웠다.

재생 버튼을 눌렀다. 에스펜이 화면 오른쪽에서 마스카라를 내미는 장면으로 시작되었다. 화면 속의 내가 주저하는 눈빛으로 마지못해 마스카라를 받아 들었다. 에스펜이 씩 웃으며 고개를 끄덕이고는 화면 밖으로 사라졌다.

프레임 안에 혼자 남은 나는 아주 부드럽고 반짝거리는 눈으로 에스펜의 뒷모습을 바라보았다. 하지만 반짝임은 금세 사라졌다. 아마 에스펜이 나를 다시 돌아보았기 때문일 것이다. 이러니 에스펜이 내 마음을 알지 못했겠지.

볼륨을 더 높이자 웃음을 참는 듯한 에스펜의 키득거림이 선명하게 들려왔다. 그때는 미처 듣지 못했던 소리였다. 기분 좋은 웃음이 스피커 밖으로 흘러나와 방 안을 가득 채웠다.

나는 영상을 멈추고 의자 깊숙이 등을 기댔다. 생각했던 것보다 훨씬 유명해졌던 '#너드'. 수행 평가 때문에 만들었던 영상들과 아이들 앞에서 발표를 했던 날이 떠올랐다. 그리고 그것 때문에 잃어버린 것들도. 바로 나 자신과 에스펜이었다.

에스펜을 좋아한다고 처음 깨달은 게 언제였을까? 눈동자가 유독 반짝여 보였을 때? 아니면 에스펜의 몸짓이 느리게 재생되는 영화처럼 보였을 때? 그것도 아니면 짧은 메시지에도 설레어 도무지 진정할 수 없었을 때?

한때는 에스펜도 나를 좋아한다고 생각했다. 사실 그건 착각이었다. 그래서 에스펜이 좋아하는 사람이 레아라는 사실을 알았을 때는 엄청나게 절망했다. 그때 내 시야가 얼마나 좁았는지도 깨달았다.

하지만 가장 참을 수 없었던 건, 그 모든 일을 만든 게 바로 나라는 사실이었다. 나는 거짓 관계를 지키기 위해 에스펜의 가장 깊은 상처를 인터넷에서 공개해 버렸다. 그건 내가 한 일 중에서 가장 나쁜 짓이었다. 선배로부터 그 단어를 듣기 전까지는 잠시나마 잊고 있었는데……. 하나가 떠오르자 줄줄이 생각이 나서

괴로웠다.

몸이 비틀렸다. 노트북을 닫고 창가로 갔다. 창문을 열자 바람이 조금씩 들어왔다. 나는 현재로 천천히 되돌아오면서 작년의 일로 배운 교훈을 다시금 되새겼다. 누군가를 좋아하는 감정은 피해야 할 것 중의 하나라는 사실을.

다행히도 그건 별로 어렵지 않았다. 나를 좋아해 주는 사람은 쉽게 나타나지 않을 테니까.

마음의
문을 열다

샤워실에서 새어 나오는 습기가 아이들의 땀 냄새와 섞여 복도로 퍼졌다. 나는 복도 벽에 몸을 기댔다. 자연스럽게 있으려고 애썼지만, 탈의실 문이 열릴 때마다 도저히 진정할 수가 없었다.

십 분쯤 기다렸을 때, 남학생 탈의실 문이 열렸다. 예스페르 선배가 먼저 보였다. 나는 반사적으로 허리를 쭉 펴고 뒤쪽을 살폈다. 역시나 그 뒤에는 타리예이 선배가 있었다. 예스페르 선배가 뭐라고 말하자 소리 내어 웃음을 터뜨렸는데, 아래를 보고 있어서인지 나를 발견하지는 못한 것 같았다.

"안녕하세요."

내가 인사를 건네자 선배가 고개를 들었다. 그리고 내 앞으로 다가와 멈추어 섰다. 늘 그렇듯 딱딱한 표정이었다. 하지만 다행히도 지난번처럼 곤두선 느낌까지는 아니었다.

예스페르 선배도 덩달아 발을 멈추었다. 나를 보는 얼굴이 꼭 손을 휘저어도 끈질기게 달라붙는 파리를 보는 것처럼 귀찮음으로 가득했다.

"뭐야? 우리한테 볼일 있어?"

타리예이 선배가 나 대신 대답을 해 주었다.

"오늘 인터뷰하기로 했어. 맞지?"

나는 고개를 끄덕였다. 예스페르 선배가 영문을 모르겠다는 표정을 지었다.

"네가? 인터뷰를?"

타리예이 선배가 어깨를 으쓱해 보이고는 말을 이었다.

"응, 학교 신문에 실을 거라던데?"

예스페르 선배가 못마땅한 표정으로 눈동자를 굴렸다. 하지만 타리예이 선배는 개의치 않고 내게 고갯짓을 하며 물었다.

"가면 되지?"

나는 '아니요'라고 대답하고 싶은 마음을 꾹 누르며 고개를 끄덕였다.

"네."

"미안해. 방이 좀 지저분해서……."

타리예이 선배가 너저분한 바닥을 훑으며 빈 콜라병을 발로 툭 찼다. 하지만 콜라병은 쓰레기통 대신, 벽에 부딪혀 반대쪽으로 튕겨 나갔다. 그 모습을 본 선배가 입술 끝을 삐쭉 올렸다.

선배가 헛기침을 하며 침대를 가리켰다.

"아, 너는 저기에 앉아."

고개를 선뜻 끄덕이기가 힘들었다. 저 위에 앉으라고 한 게 맞겠지……? 선배의 방은 아무리 봐도 이딜이 슬쩍 전해 준 '왕자님' 이미지와는 거리가 멀었다. 이불이 벽 쪽에 아무렇게나 밀쳐져 있었고, 베개에는 머리 자국이 그대로 남은 채였다. 하지만 침대 말고는 딱히 앉을 곳이 없어 보이긴 했다.

나는 어쩔 수 없이 회색 카펫을 요리조리 지나 침대 위에 슬쩍 걸터앉았다. 엉덩이로 베개를 깔고 앉는 바람에 화들짝 놀라서 몸을 비틀었지만, 아무튼 무사히 자리를 잡기는 했다. 너저분하게 어질러져 있는 것에 비해 좋은 향기가 느껴졌다.

긴장을 한 걸까? 선배 얼굴이 잔뜩 굳어 있었다. 나는 분위기를 풀기 위해 살짝 미소를 지었다. 물론 속으로는 나 역시 만만찮게 긴장한 상태였지만.

"녹음해도 괜찮죠?"

선배가 고개를 끄덕였다. 나는 휴대폰의 녹음 앱을 켜서 빨간 버튼을 누른 후 무릎 위에 올려놓았다. 바들바들 떨리는 무릎을 들키지 않으려고 두 발에 힘을 꾹 주었다. 허벅지 전체에 바짝 힘이 들어갔다.

"그럼 시작할게요."

타리예이 선배가 자세를 고쳐 앉으며 고개를 끄덕였다. 나는 선배를 바라보며 질문을 던졌다.

"첫 번째 질문이에요. 선배는 어떨 때 웃는 편인가요?"

"어……, 웃기는 걸 볼 때?"

햇볕에 그을린 선배의 손가락이 드럼을 치듯 휴대폰과 책상, 꼬아 앉은 다리 위를 번갈아 두드렸다.

나는 인터뷰 내내 말도 제대로 못하고 선배의 눈을 피하느라 정신없을 줄 알았다. 하지만 의외로 바쁜 건 타리예이 선배였다. 선배의 눈동자는 제자리를 잃고 정신없이 왔다 갔다 했다. 이 또한 왕자님과는 거리가 좀 있었다. 그렇지만 그 덕분에 내 무릎은 더 이상 떨리지 않았다. 설핏 웃음이 새어 나왔다.

"그러면 뭘 볼 때 웃으세요?"

타리예이 선배가 아랫입술을 잘근잘근 깨물며 고민에 잠겼다.

"음……, 인터넷에 떠도는 실수 영상이나……, 경기 중에 실책을 하는 축구 선수……? 아, 그러니까 나 말고 다른 선수들이 실수하는 모습을 보는 게 재미있다는 뜻이야."

선배가 다시 고개를 돌려 나를 바라보았다. 예상 외로 허둥대는 모습에 나는 결국 웃음을 터뜨렸다.

"왜 웃어?"

얼른 헛기침을 했다. 혹시 기분이 상한 건 아니겠지?

"그냥……, 신기해서요."

"내 말이 뭐가 신기해?"

"그러니까…… 쉴 때에도 축구를 놓지 못하는 거잖아요? 축구를 아주 진지하고 심각하게 생각하구나, 하는 생각이 들어요."

선배의 눈이 커졌다. 의외의 대답이라는 듯한 반응이었다.

"맞아, 좋아하는 일을 진지하게 여기는 건 당연하잖아?"

맞는 말이었다. 나는 고개를 끄덕이며 질문을 이어 갔다. 좋아하는 음식, 좋아하는 과목, 기억에 남는 방학. 대답도 이어졌다. 피자와 체육, 유럽 여행을 떠났던 여름 방학…….

어느덧 가장 중요한 질문 하나만 남게 되었다.

"고등학교는 어디에 지원할 생각이에요? 그 이유는요?"

"플레스테인 고등학교. 이유는 딱히 없어. 어딜 가든 축구를 계속할 수 있으면 좋겠다는 생각뿐이야."

나는 고개를 옆으로 살짝 기울였다. 머리카락이 왼쪽으로 흘러내렸다. 뒷말이 이어지기를 기다렸다. 하지만 선배는 아무 말 없이 나를 바라보았다. 얼굴이 살짝 붉어진 것도 같았다.

"미안해. 좀 시원찮은 대답이지?"

타리예이 선배가 물었다. 나는 허리를 쭉 폈다. 갑자기 다른 사람처럼 바뀐 눈빛에 살짝 놀랐지만 일부러 내색하지 않았다.

"아니에요, 전혀요. 사실 난 고등학교에 대해 생각조차 안 해

봤는걸요."

선배가 웃음을 터뜨리며 하늘색 반바지를 만지작거렸다.

"너는 벌써 정할 필요가 없지. 졸업하려면 아직 일 년이나 남았으니까. 하지만 나는……."

선배는 한참이나 말을 잇지 않았다. 내가 다시 물었다.

"나는…… 뭐요?"

"부모님이 강경하서. 두 분은 내가 의사나 변호사가 되길 바라시거든. 그래서 인문계 고등학교에 진학하라셨어."

"선배 생각은 어떤데요?"

타리예이 선배가 한숨을 훅 뱉으며 머리를 쓸어 넘겼다.

"그게 문제야. 사실은 나도 뭐가 되고 싶은지 모르겠어. 그래서 싫다고 말할 수도 없는 거야."

나는 고개를 끄덕이며 미소를 지었다.

"이해해요. 뭔가를 결정하는 건 어려운 일이니까요."

내 말에 타리예이 선배가 의아한 눈빛으로 나를 바라보았다.

"너도 그래? 그러니까…… 넌 다른 사람들의 말 같은 것에 휩쓸리지 않을 거라고 생각했거든."

순간, 나도 모르게 웃음이 터져 나왔다.

"아, 전혀 아니에요! 단 한 번도 고민 없이 뭔가를 결정한 적이 없어요. '결정 장애'는 제 고질병인걸요."

선배가 뒷머리를 긁적이며 의자에 등을 기댔다. 창으로 들어

온 따스한 햇살이 선배의 얼굴과 머리카락을 감쌌다. 언뜻 그 머리색이 아주 진하고 달콤한 꿀 같아 보였다. 아까보다 긴장이 풀어져 웃음기가 어린 눈도 한결 부드럽게 느껴졌다. 타리예이 선배가 나른하게 눈썹을 늘어뜨리며 미소를 지었다.

"너나 나나 비슷하구나."

왠지 평소와 다른 선배의 모습을 엿본 듯한 기분이 들었다.

인터뷰가 끝나기도 전에 이딜의 메시지가 폭탄처럼 쏟아졌다. 심지어는 전화 좀 달라고 애원하는 영상까지 찍어 보냈다.

> 인터뷰는 어땠어? 선배 방은 어떻고? 매너는 좋든?

> 아니면 네 짐작대로 화를 냈어? 기분 나쁘게 군 건 아니지?

문득 내 옷에서 선배와 똑같은 섬유 유연제 향이 옅게 풍겼다. 나는 대답 대신 별이 박힌 스마일 이모티콘을 보냈다.

> 이게 뭐야? 이걸로 뭘 알라고?

> 음……, 기분 상할 일은 없었어. 아, 방이 좀 어질러져 있더라고.

메시지를 보내자마자 곧장 답장이 왔다. 왠지 휴대폰 저편에서 이딜의 깊은 한숨 소리가 들려오는 것 같았다.

> 뭐……? 지저분한 방이라니! 그건 예상 못했네.
> 뭐, 그래도 홀딱 깰 만큼의 흠은 아니야. 그지?

> 그리고 사진 찍을 때 좀 투덜거렸어. 사진 찍히는 걸
> 별로 좋아하지 않더라.

> 뭐?! 그 사진 좀 보내 줘!!! 얼른!!!

득달같이 도착한 답장에 웃음이 터져 나왔다. 이딜의 조급한 마음이 절로 느껴졌다.

나는 사진 폴더를 열어 아까 찍은 사진 중에서 카메라를 정면으로 바라보며 환하게 웃는 사진을 골랐다. 내가 경기 직전, 출전 선수 명단과 함께 보여 주는 어색한 프로필 같다고 평한 사진이었다.

선배는 그 말을 듣자마자 크게 웃었다. 온 얼굴로 아주 기분 좋게. 그때였던 것 같다, 타리에이 선배의 이미지가 바뀐 순간이.

손가락을 움직여 사진을 확대했다. 청량했던 그 웃음을 떠올리니 뺨이 다시금 화끈거렸다. 안 돼, 고작 이런 일로 얼굴을 붉히

다니! 나는 고개를 세차게 내저으며 사진을 전송했다.

> 와우……, 와!!! 완전 모델 같아!!!

> 야, 너……, 솔직히 말해 봐. 선배 좋아하지?

> 관심 정도야, 뭐!(:P) 그건 그렇고, 스티네와 스티안이
> 헤어졌대. 너도 들었어?

> 다음 기사는 그 두 사람의 이야기를 쓰기로 했어.
> 본인들 허락도 받았고.

나는 하트 이모티콘을 보냈다.

> 반응이 괜찮을 거야. 아무튼 학교에서 유명한 커플이었으니까.
> 구독자가 조금은 늘지 않을까? 우리 둘 다 조.회.수. 파이팅!

> 파이팅♡

"이번 기사는 포인트를 잘못 잡은 것 같아."

마가 선배의 눈빛이 칼같이 자른 일자 모양의 앞머리만큼 날

카로웠다. 선배의 호피 무늬 재킷이 가까워지자, 연노란색의 뒷벽이 흐릿하게 멀어졌다.

"무슨 뜻인지 알겠어?"

나는 고개를 가로저으며, 내가 쓴 기사를 다시 살폈다. '나는 그저 축구가 하고 싶을 뿐!'이라는 제목 밑에 수줍게 웃는 타리에이 선배의 사진이 붙어 있었다. 마가 선배가 헛기침을 하며 목청을 가다듬었다.

"모른다고? 정말 아무것도 모르겠어?"

"네, 죄송해요. 인터뷰 중에 들은 말은 저게 전부인데요……."

마가 선배가 한숨을 쉬며 옆으로 가라고 손짓한 후, 자기 쪽으로 노트북을 휙 돌렸다. 그리고는 스크롤바를 내려 한 지점을 드래그했다.

나는 선배가 드래그한 문장을 읽었다. 선배의 부모님이 의사나 변호사가 되길 원한다는 내용이었다.

"자, 아직도 감이 안 오니?"

나는 어깨를 으쓱해 보였다. 선배가 고개를 절레절레 저었다.

"마리에, 이번 인터뷰의 핵심은 바로 이거야. '아들을 자랑스러워하지 않는 부모님'. 그렇지?"

"하지만 부모님이 자랑스러워하지 않는다는 말은 안 했어요."

내 말에 마가 선배가 한숨을 푹 내쉬었다.

"마리에, 우리는 숨은 의미를 찾아내야 해. 그게 기자잖아, 맞지? 너는 어떻게 해야 독자의 관심을 끄는지 알아. 그리고 모두를 위해서 뭐가 최선인지도 알지. 네 기사가 잘되는 건, 네가 잘된다는 말이랑 똑같아. 그것도 맞지?"

"네……."

"좋아. 제목을 좀 바꾼다고 해서 타리예이가 화를 내진 않을 거야. 난 걔랑 잘 아는 사이니까. 자, 그러면 제목을 다시 생각해 보자."

"의사가 되길 바라는 부모님……?"

"다른 건?"

나는 드래그된 부분을 차근차근 읽어 보았다. 만약 내가 하고 싶은 일을 엄마가 반대한다면 어떤 기분이 들까? 내가 선배와 똑같은 입장이라면 어떤 심정일까?

"나를 응원하지 않는 부모님?"

"그것도 나쁘진 않아. 하지만 조금 더 극적이면 좋겠어. 도저히 안 누르고는 못 배길 것 같은 제목 말이야."

마가 선배가 손가락으로 책상을 톡톡 두들겼다. 나는 인터뷰 당시의 대화 내용을 곰곰이 되씹으며, 딱히 하고 싶은 것이 없어서 불안하다던 선배의 말과 눈빛을 떠올렸다.

"부모님 때문에 무너진 프로 축구 선수의 꿈."

"바로 그거야! 그러면 사진도 제목이랑 어울리게 바꿔야겠지?"

나는 마가 선배의 말대로 제목을 수정한 뒤 사진 폴더를 열어 사진을 골랐다.

"그 제목에 어울리려면 조금 슬픈 표정의 사진이 좋을 거야."

얼마 안 가, 원래의 의도와는 다른 분위기의 기사가 완성되었다. 타리예이 선배의 부모님은 사실 아들의 꿈을 반대하는 게 아니라, 그저 의사나 변호사가 되기를 바랐을 뿐이었다. 그런데 새로운 제목이 훨씬 더 자연스럽게 느껴졌다. 무슨 사연이 있는 건지 몹시 궁금하게 만들었기 때문이다.

그때 문득 이딜의 말이 생각났다. 이딜은 마가 선배를 '믿을 수 없는 사람'이라고 했는데……. 인터뷰를 끝마치며 밝게 웃었던 타리예이 선배의 얼굴도 떠올랐다. 너무나 환하고 밝았던 그 얼굴……. 내게 마음의 문을 열어 준 것 같아서 엄청 기뻤다.

하지만 마가 선배의 마지막 말이 머릿속에서 계속 맴돌았다.

"마리에, 이번 기사는 반응이 엄청날 거야. 난 네게 편집장이 될 만한 실력이 있다고 생각해. 진심이야."

마가 선배가 동아리 방을 나서며 한쪽 눈을 찡긋했다. 나는 환하게 웃으며 고개를 끄덕였다. 화끈거리는 기운이 얼굴에서 발끝으로 번져 온몸을 간지럽혔다. 아마 마가 선배의 말은 틀리지 않을 것이다. 그리고 문제 될 것 또한 없을 것이다. 마음속에서 작은 욕심이 자라났다.

"이번 기사는……, 진짜 최고야!"

이딜이 매점 탁자 위에 제 휴대폰을 내려놓으며 말했다. 화면 속에는 이번 호 기사의 제목과 어두운 표정으로 고개를 떨군 선배의 사진이 떠 있었다. 사실 그 사진은 떨어뜨린 휴대폰을 바라보는 순간이었다. 하지만 그건 아무도 알지 못했다.

"도저히 모르겠네. 대체 어떻게 구워삶았기에 '그' 타리예이 선배가 이렇게 속 깊은 얘기까지 털어놓은 거야?"

"글쎄, 그냥 평소처럼 인터뷰한 건데……."

나는 가볍게 웃으며 최대한 평범한 목소리로 말했다. 물론 진실은 아니었다. 이 기사가 나오기까지, 특히 제목이 정해지기까지 평범한 건 하나도 없었다.

이딜이 고개를 절레절레 저었다.

"진짜 놀랐잖아. 부모님이 아들의 꿈을 가로막다니! 선배가 정말 안됐어."

순간, 가슴이 답답해졌다. 당연한 일이겠지만 다들 이렇게 받아들이겠지? 나는 심장을 손으로 콩콩 두드리며 이딜의 말을 대충 웃어넘겼다.

그때 메시지가 도착했다. 나는 메시지 함을 열었다.

얘기 좀 하자.

타리예이 선배였다. 메시지를 둘러싼 파란 상자가 반짝였다. 왼쪽 상단에 자리한 선배의 이름 첫머리도 함께 반짝였다. 갑자기 무슨 이야기를 하자는 걸까? 하지만 답장을 쓰기도 전에 선배에게서 다시 메시지가 왔다.

내일 방과 후에 시간 어때?

네, 괜찮아요. 어디서요?

체육관 뒤, 새 건물 옆에서 만나자. 어딘지 알지?

나는 동그라미를 그리는 손가락 이모티콘을 답장으로 보냈다. 물론 거기가 어딘지는 잘 알았다. 일 년 전의 사건이 아니었다면, 나는 지금 에스펜과 그곳에 있었을 것이다. 체육관 뒤편은 나와 에스펜의 아지트였다. 물론 지금은 아니지만.

"이거 봐!"

나는 휴대폰에 코를 박고 있는 이딜에게 내 휴대폰을 보여 주었다. 이딜의 눈이 바쁘게 움직였다. 안 그래도 커다란 두 눈이 왕방울만 해졌다.

"왜 만나자는 거야? 혹시 네가 쓴 기사 때문에?"

"글쎄, 나도 모르겠어."

나는 손바닥으로 탁자 위를 벅벅 문질렀다. 왠지 불안했다.

"왜 그렇게 안절부절못해? 잘못한 거 없잖아."

이딜이 눈을 찡긋거리며 말을 이었다.

"걱정 마. 뭣하면 내가 나설 테니까. 만약에 화를 낸다거나 위협이 될 만한 행동을 한다든가 하면……."

그러고는 목을 쭉 빼서 식당과 그 밖의 복도, 그리고 체육관 쪽으로 고개를 휙휙 돌렸다.

"그 근처에 숨어 있을 만한 곳이 좀 있어. 어딘가에 숨어 있다가 자연스럽게 나타날게."

나는 웃음을 터뜨렸다.

"고마워, 이딜. 하지만 괜찮을 거야."

"아무튼 선배 모르게 신호를 보내. 내 도움이 필요하다면 말이야, 이렇게."

이딜이 어깨를 으쓱하며 검지를 까딱였다. 나는 크게 웃음을 터뜨리고 이딜에게 머리를 기댔다. 복슬복슬한 양털 스웨터가 뺨에 닿으니, 체한 듯한 느낌이 조금은 사라졌다.

저녁에는 타리에이 선배의 SNS를 염탐했다. 내일 보자고 한 이유에 대해 뭐라도 알아낼 수 있을까 싶어서였다. 마침 타리에이 선배가 페이스북에 접속해 있었다. 하지만 올라온 것은 사진 한 장이 전부였다. 에스페르 선배와 영화관에 간 것 같았다. 영화 포스터 앞에 선 에스페르 선배는 포스터 속의 빨간 로봇과 주먹을 맞댄 자세로 서 있었고, 타리예이 선배는 그 옆에서 뻘쭘한 표정을 짓고 있었다.

"저녁 내내 뭘 그렇게 보는 거야?"

"별거 아니에요. 그냥 SNS 구경 중이었어요."

나는 휴대폰 화면을 엉거주춤하게 아래로 내리며 못마땅한 얼굴의 엄마와 눈을 맞췄다. 엄마가 고개를 절레절레 저었다.

"마리에, 알지? 인터넷 공간에서는 네 마음의 중심을 잘 잡는 게 아주 중요해."

세상에, 엄마가 저런 말을 하다니! 나는 황당한 표정을 지어 보이며 휴대폰을 내려놓았다.

"엄마한테서 그런 말을 들을 줄은 몰랐어요. 그동안 블로그에 들인 시간을 생각해 보세요."

나는 콧방귀를 뀌고선 다시 휴대폰으로 고개를 돌렸다. 인터뷰 전에 다 봤던 것이지만 예전 사진들도 한 번 더 살펴보았다. 혹시나 손가락이 미끄러져 옛날 사진에 '좋아요'를 누르지 않도록 아주아주 조심하면서.

텔레비전에 잠깐 집중하던 엄마가 의자에서 벌떡 일어나며 말했다.

"더 볼 거니? 엄마는 이제 자러 가야겠어."

내가 고개를 젓자 엄마가 텔레비전을 껐다. 하지만 엄마는 그

대로 서서 나를 한참이나 물끄러미 바라보았다.

"마리에, 조금 전에 한 말은 다 너를 생각해서 그런 거야."

"알아요, 엄마."

나는 엄마와 눈을 맞추고 고개를 끄덕였다. 엄마가 미소를 지었다.

"좋아. 그럼, 진짜로 자러 갈게. 나마스테!"

나도 씩 웃으며 의자에서 몸을 일으켰다.

"안녕히 주무세요."

엄마가 내게 손키스를 날렸다. 나도 엄마처럼 똑같이 손을 들어 올렸다. 그 순간, 엄지손가락이 휴대폰을 스쳤다. 화들짝 놀라서 얼른 손을 뗐지만, 이미 삼 년 전 사진에 '좋아요'를 누른 후였다. 망했다……. 혹시 선배한테 알림이 갔을까? 나를 예전 사진까지 뒤져 보는 스토커로 생각하면 어쩌지? 나는 선배가 알림 설정을 꺼 두었길 바라며 '좋아요' 취소를 눌렀다.

예상 밖의
결과

학교에 도착한 뒤, 신문사 회의실에 들렀다. 어제 기사에 대한 마가 선배의 반응을 살피기 위해서였다. 아니, 사실은 타리에이 선배를 만나기 전에 기사 제목을 멋대로 정한 것에 대해서 합리화하고 싶은 마음이 컸다.

문을 열고 들어가자 마가 선배와 마르틴 선배가 있었다. 뭘 보고 있는 건지 머리를 나란히 맞대고 앉아 키득키득 웃느라 내가 들어온 것도 알아채지 못했다.

짐짓 헛기침을 몇 번 했다. 마르틴 선배가 그제야 나를 발견하고는 자세를 바로 잡아 앉았다. 마가 선배도 나를 돌아보았다.

"마리에, 무슨 일이야? 편집 회의는 내일이잖아."

어떻게 물을까 고민하는 사이, 마가 선배가 말을 먼저 꺼냈다.

"안 그래도 이번 인터뷰 반응을 보던 중이었거든. 조회 수가 어제보다 두 배나 늘었더라. 그렇지, 마르틴?"

마르틴 선배가 고개를 끄덕였다.

"맞아. 정말 잘했어, 마리에."

나는 발가락을 꼼지락거리며 침을 꿀꺽 삼켰다.

"고맙습니다. 그런데 기사 제목 말이에요……."

"응, 그게 왜?"

"반응이 좋은 건 다행이지만……, 정말 괜찮은 걸까 걱정이 돼서요. 그러니까…… 아이들이 오해할 수도 있잖아요."

마가 선배가 단호하게 고개를 저었다.

"아니, 이보다 더 좋을 수는 없어."

마가 선배가 마르틴 선배와 슬쩍 눈을 맞추고는 또다시 웃었다. 나는 주변의 반응이 어떤지 조금 더 떠보기로 했다.

"……혹시 선생님들은 어떻게 보셨대요?"

내가 자신감 없는 목소리로 묻자, 마가 선배가 깊게 한숨을 내쉬었다.

"마리에, 난 신문사에서 삼 년 동안 일했어. 신문사를 담당하셨던 트룰스 선생님이 육아 휴직을 하셨지만 새로운 담당 선생님을 따로 지정하지 않았지? 그건 바로 학교가 편집장인 나를 믿고 신문사를 맡겼다는 뜻 아니겠어? 그런데도 너는 내 판단을 못

믿는 거니?"

나는 얼른 고개를 저었다. 지금 이 상황에서 마가 선배 말고 누구를 믿을 수 있을까? 선배는 이미 미디어 쪽으로 진로를 정한 터라, 졸업한 후에 관련 고등학교에 진학할 예정이었다. 그만큼 선배는 자기가 하는 일에 확신을 가지고 있었다.

"게다가 이건 이미 내보낸 기사잖아. 다 끝난 일에 신경 쓰기보다는 앞으로 써야 할 기사나 곧 비게 될 편집장 자리에 집중하는 게 더 나을 것 같은데?"

편집장! 선배가 나를 보며 다정하게 웃었다. 확신에 찬 말에 마음이 놓였다. 어쩌면 선배는 이딜의 생각만큼 가식적인 사람이 아닐지도 몰라.

"네, 그렇게 할게요."

나도 선배를 따라 살짝 웃어 보였다. 하지만 그 안도감은 오래가지 않았다.

"난 이런 말을 한 적이 없어."

타리예이 선배가 내민 휴대폰 화면에 내가 쓴 인터뷰 기사가 떠 있었다. 운동장의 소음이 아스라이 멀어졌다. 내 얼굴에서 미소가 순식간에 사라졌다. 마가 선배가 했던 말들도 사라져 버렸다. 속이 울렁거렸다.

타리예이 선배가 말을 이었다.

"그때 녹음을 했으니까 다시 들어 보면 분명히 알 거야. 내가 이런 말을 했는지 안 했는지."

나는 주머니 속에 있는 휴대폰을 힘주어 꼭 쥐었다. 타리예이 선배가 차분한 목소리로 물었다.

"인터뷰 기사에 왜 이런 제목을 붙인 거야?"

나는 고개를 떨구었다. 생각을 정리해 보려고 애를 썼다. 마가 선배가 시키는 대로 했을 뿐이라고 말할까도 생각했지만, 따지고 보면 결국 제목을 쓰고 엔터키를 누른 사람은 나였다. 내가 생각해 냈고, 심지어 스스로 만족해하기까지 했다.

"좋은 반응이 필요했거든요. 어쩔 수 없었어요."

"좋은 반응? 누구를 위해서? 이 기사만 보면 내가 엄청나게 불행한 사람 같아."

선배가 화면 속에 떠 있는 자신의 사진을 내려다보았다. 화가 난 듯 무표정하게 굳은 얼굴……. 나는 숨을 깊게 들이마시고 마가 선배가 했던 말을 떠올렸다. '편집장'. 편집장이라면 이런 위기를 스스로 해결해 넘길 수 있어야 하지 않을까?

"솔직히 말하면……, 학교 신문사를 위해서였어요."

타리예이 선배가 고개를 들었다.

"학교 신문사라고? 학교 신문사는 나와 아무 관계가 없어."

"알아요. 하지만 예전보다 구독자가 엄청 줄어서, 학생들의 관심을 끌 수 있는 제목이 필요했어요. 일단 눌러라도 보게 해야 하니까요."

선배가 고개를 갸우뚱했다.

"넌 내 인터뷰가 아이들의 관심을 끌 거라고 생각한 거야? 졸업을 앞두고 지질하게 징징거리는 이 기사가?"

"그럼요, 당연히요."

나는 인터뷰가 정해지고 나서 받았던 부러움의 눈초리나 이딜에게 들었던 선배의 이미지 같은 것들을 떠올렸다. 하지만 그런 뒷이야기까지 밝히고 싶지는 않았다. 그래서 대충 얼버무리려고 했는데, 선배는 그냥 넘어가지 않았다.

"내가? 대체 왜?"

대답을 재촉하는 듯, 타리예이 선배가 나를 뚫어지게 바라보았다.

"왜냐하면, 선배는……."

아, 얼른 이 자리를 벗어나고 싶다…….

"왜냐하면……?"

"……바로 타리예이 선배니까요. 다른 이유는 없어요."

얼굴이 확 붉어졌다. 혹시라도 이 말을 내가 한 생각으로 오해할까 봐 부끄럽고 민망했다.

선배는 잠깐 머뭇거리더니 다시 말문을 열었다.

"그건 내가 원한 대답이 아니야. 아까 내 인터뷰가 신문사를 위한 거라고 했지? 그러니까 너는 이번 기사로 나한테 빚을 진

거야. 그걸 갚는 셈치고 솔직하게 말해 봐."

말을 하려 했지만 목소리가 선뜻 나오지 않았다. 나는 크게 한숨을 내쉬었다.

"어……, 많은 아이들이 선배가 굉장히 잘생겼다고 생각해요. 그러니까…… 그렇게 생각하는 것 같아요. 선배에 대해 알고 싶어 하는 아이들이 많을 거라고…… 생각했어요."

타리예이 선배가 어이없다는 듯이 코웃음을 쳤다. 어딘가에 구멍이 있다면 숨고만 싶었다.

"잘생겼다고 생각'하는 것 같다'고?"

"네, 여기저기서 보고 듣기로는 그래요. 적어도 그런 것 같았어요."

내가 무슨 말을 내뱉고 있는 건지도 모를 만큼, 머릿속이 새하얘져서 아무 생각도 나지 않았다.

"언제, 누가 그랬는데?"

"어떻게 그걸 일일이 기억해요? 그냥 다들 그랬다니까요!"

뭘 그렇게 꼬치꼬치 캐묻는담? 슬슬 짜증이 올라왔다. 선배가 구겨진 내 얼굴을 바라보며 헛기침을 했다. 그런데 나를 보는 입꼬리가 왠지 슬쩍 올라가 있는 것 같았다. 뭐야, 지금 웃는 거야?

"흠흠, 너는 어때? 너도 내가 잘생겼다고 생각하니?"

뭐라고?

"아니요! 난 아닌데요!"

내가 봐도 수상쩍은 반응에 타리에이 선배가 대놓고 웃음을 터뜨렸다.

"진정해! 농담이었어. 사실 다른 애들이 나를 어떻게 생각하든 관심 없어."

선배가 주머니에 손을 찔러 넣으며 말을 이었다.

"……이 기사를 보고 부모님께서 속상해하셨거든."

아, 원래 기사 얘기 중이었지……. 무슨 말을 하려는지 선배가 입술을 달싹이며 한참이나 말을 골랐다. 따가운 햇살이 눈을 찔렀다. 내 고개는 점점 아래로 떨어졌다.

"그런데 그게 오히려 예상 밖의 결과를 가져왔어. 부모님이 죄책감을 느끼셨는지, 내가 원하는 대로 체육 고등학교에 지원하라고 하셨거든. 네 기사 덕분에 고민이 해결된 셈이지. 과정이야 어쨌든 결과적으로는 말이야."

나는 고개를 번쩍 들었다. 조금 전과 달리, 선배의 얼굴에 미소가 가득 번져 있었다. 살짝 벌어진 앞니가 보일 만큼 아주 환한 웃음이었다.

같이 웃어도 되는 건지 고민이 되었다. 지금 기뻐하는 게 맞는 거지? 아무리 봐도 화가 난 것 같진 않았다. 내가 어색하게 마주 웃자, 선배가 땅에 내려 두었던 가방을 집어 들고서 내 쪽으로 다가왔다.

거리가 점점 가까워졌다. 옆으로 비켜서지 않으면 금방이라도 부딪칠 것 같았다. 나는 고개를 푹 숙이며 오른쪽으로 한 발짝 옮겼다. 하지만 그것만으로는 충분하지 않았다.

결국 선배는 자신의 팔과 내 어깨가 부딪친 후에야 걸음을 멈추었다. 우리는 그렇게 잠시 동안 꼼짝 않고 서 있었다. 어깨와 어깨를 마주 대고서 너무나 가까이 선 채로.

선배가 허리를 살짝 숙여 내 귀에 속삭였다.

"그런데…… 왜 내 SNS를 엿보는 거야? 아직도 기삿거리로 활용할 게 남았어? 아니면 개인적인 호기심이야?"

뒷목이 화끈거렸다. 선배의 갈색 눈동자가 내 얼굴에 길게 머물렀다. 나를 쳐다보는 시선이 느껴졌지만 차마 고개를 들 수가 없었다.

타리예이 선배가 옅게 웃음을 흘리며 인사를 건넸다.

"나중에 또 보자."

"……네."

겨우 끄집어낸 목소리가 따가운 햇살에 녹아 발아래로 흘러내려갔다. 무릎의 힘이 쭉 빠지고 어깨가 바르르 떨렸다. 심장까지 덩달아 쿵쿵 울렸다. 작은 나비 한 마리가 배 속에서 날갯짓을 하며 이리저리 돌아다니는 것 같은 느낌이었다.

제멋대로 돌아다니는 나비를 얼른 붙잡아야 한다고 생각했다. 하지만 당장 그렇게 하고 싶지는 않았다. 아주 오랜만에 느끼는 간지러운 기분을 조금 더 놔두고 싶었다. 최소한 선배의 뒷

모습이 보이지 않을 때까지만이라도.

"선배가 뭐래?"

목이 빠지게 기다린 모양인지, 자전거 보관소에 있던 이딜이 나를 발견하자마자 폴짝폴짝 뛰어왔다.

"글쎄, 잘 모르겠어."

질문에 맞는 대답은 아니었다. 하지만 방금 나누었던 대화를 똑바로 설명할 자신이 없었다.

"잘 모르겠다고? 방금 타리에이 선배와 이야기를 나눈 사람이 넌데, 네가 모르면 대체 누가 알아?"

나는 교문 쪽으로 천천히 발을 옮기며 선배가 했던 말을 머릿속으로 하나하나 떠올렸다. 하지만 온갖 감정들이 뒤죽박죽 섞여 버려서 대화 내용에 집중하기가 힘들었다.

"처음에는 기사 때문에 화를 내는 것 같았어. '인터뷰한 걸 후회하겠구나.'라고 생각했는데……."

"그건 그렇지. 그 딱딱한 메시지만 봐도 그래 보여."

이딜이 고개를 끄덕였다. 나는 발끝에 걸리는 작은 돌멩이를 길옆으로 걷어찼다.

"그런데 기사 덕분에 부모님이 체고 진학을 허락하셨대. 그러면서 웃더라고. 그때는 기뻐 보였어."

내 말에 이딜이 의아한 표정으로 물었다.

"그러면 왜 보자고 한 거야? 어쨌든 일이 잘 풀린 거잖아."

사실은 나도 그게 미스터리였다. 그래서 말없이 그냥 어깨를 으쓱했다.

내 반응을 본 이딜은 눈을 가늘게 뜨고 한참을 생각에 잠겼다. 그러다 불현듯 뭔가가 떠올랐는지 걸음을 멈추고는 손뼉을 쳤다.

"혹시 말이야, 그냥 너랑 이야기하고 싶었던 건가?"

"에이, 설마……. 나랑 왜?"

조금 전 배 속을 날아다녔던 작은 나비가 다시 움칠거리는 것 같았다. 나는 얼른 심호흡을 하며 나비의 두 날개를 꽁꽁 묶어 눌렀다. 또다시 쓸데없는 감정을 일으키고 싶지 않았다.

이딜이 내 어깨를 붙들고 눈을 맞추었다. 꼭 추리 끝에 범인을 알아낸 탐정처럼 두 눈이 심상치 않게 반짝였다. 이상한 생각을 하고 있는 게 분명했다.

"대, 애, 박!"

이딜이 두 팔을 번쩍 치켜들었다가 내리며 내 어깨를 찰싹 때렸다. 그러고는 내 손을 꼭 그러쥐었다.

"마리에, 선배가 너 좋아하나 봐!"

"뭐? 갑자기 이야기가 왜 그렇게 튀어?"

어깨가 얼얼했다. 이딜에게 느닷없이 얻어맞은 탓인지, 아니면 방금 맞은 곳이 아까 선배의 팔과 닿았던 곳이어서인지는 알 수 없었다.

"맞아, 확실해. 진짜야. 그것 봐, 내가 뭐랬니? 둘이 잘될 것 같다고 했잖아. 이럴 줄 알았다니까!"

"그런 터무니없는 말은 두 번 다시 하지 마. 그럴 리가 없어."

"맞다니까! 웬일이니, 마리에! 정말로 이렇게 될 줄이야!"

나는 요란을 떠는 이딜에게 조용히 하라고 손짓을 했다. 하지만 왠지 싫지만은 않은 기분이었다. 그 말이 틀리지 않기를 바라는 마음이 조금씩 자라났다.

어떤
인터뷰

다니엘이 아프대. 오늘 축구 경기 취재 좀 대신 가 줄래?

마가 선배의 메시지였다. 나는 젖은 머리칼을 감쌌던 수건을
풀어 책상 의자에 걸쳤다. 저녁 취재는 계획에 없던 일이었다.
심지어 그 시각에 맞추려면 삼십 분 안에 나가야 했다.

나는 조금 고민한 후, 답장을 보냈다.

다른 사람이 낫지 않을까요? 저는 스포츠를 잘 몰라서…….
이딜은 어때요?

휴대폰을 내려놓기도 전에 답장이 날아왔다.

> 이미 물어봤지. 마지막으로 너한테 연락한 거야.

나는 침대 위에 올려 둔 노트북으로 시선을 옮겼다. 오늘 저녁에 보려고 켜 둔 드라마가 일시 정지 상태로 멈춰 있었다. 클라이맥스를 앞둔 마지막 에피소드인데…….

> 알겠어요. 할 수 없죠.

> 어렵지 않으니까 걱정 마. 진행 상황과 득점자, 경기 결과만 제대로 쓰면 돼. 마지막에 최고 득점자 인터뷰 잊지 말고.

> 경기 팀은 어디랑 어디예요?

> 2학년 3반이랑 3학년 1반. 한 시간 후에 시작이야. 늦지 마!

2학년 3반과 3학년 1반이라면, 최고 득점자는 에스펜과 타리예이 선배의 싸움이었다. 두 사람은 거의 모든 경기에서 최고 득점 왕을 차지해 왔기 때문이다. 둘 중 한 명을 인터뷰해야 한다고 생각하자 팔에서 소름이 돋았다. 어느 쪽이든 마주 앉기에는 껄끄러운 상대였다.

하지만 고민할 시간이 없었다. 시간이 촉박했다. 그나저나 뭘 입고 가야 하지? 나는 옷장에서 옷 몇 벌을 재빠르게 꺼낸 뒤, 거울 앞에 서서 몸에 대어 보았다. 치마, 청바지, 흰색 티셔츠, 파란색 스웨터, 회색 스웨터…….

회색 티셔츠와 얼마 전에 새로 산 청바지를 입기로 정하고선 헤어드라이어를 찾았다. 아직 말리지 못한 머리칼이 티셔츠에 축축하게 들러붙었다.

"엄마!"

엄마는 거실 한가운데에 커다란 요가 매트를 깔아 놓고 두 눈을 감은 채 앉아 있었다. 주변이 연기로 자욱했다. 소파 옆 탁자와 거실장 위에서 향초가 타 들어가는 중이었다. 내 부름에 엄마가 눈을 번쩍 떴다.

"어휴, 지루해라! 마침 네가 불러 줘서 얼마나 다행인지. 근데 왜?"

엄마가 높게 올려 묶었던 머리를 풀자, 금색 머리칼이 찰랑이며 흘러내렸다.

"헤어드라이어 어디에 있어요?"

"욕실 수납장에. 이 시각에 나가려고?"

"네, 축구 시합 취재요. 다니엘이 아파서 대타로 가는 거예요."

엄마가 몸을 일으켜 요가 매트를 둘둘 말며 물었다.

"축구 시합이면……. 혹시 에스펜도 나와?"

"네, 아마도요."

그러고는 욕실로 향하는 내 뒤를 따라오며 조심스럽게 말을 꺼냈다.

"마리에, 이런 말을 해도 될지 모르겠는데……. 엄마는 에스펜이 어떻게 지내는지 궁금해."

"그래요?"

나는 아무렇지도 않게 수납장을 열어 헤어드라이어를 꺼냈다. 엄마가 나를 물끄러미 바라보다가 입을 열었다.

"너는 에스펜과 예전 같은 사이로 돌아가고 싶지 않아?"

역시나! 나는 잽싸게 드라이어의 전원을 켰다. 요란한 소리와 함께 뜨거운 바람이 나왔다. 그리고 엄마를 향해 돌아서서 손가락으로 귀를 가리킨 채 뻐끔댔다.

"안 들려요!"

엄마가 못마땅한 표정을 지으며 몸을 휙 돌렸다.

"알았어."

머리카락들이 허공으로 나풀거리며 붕 떴다가 가라앉았다. 그 사이로 내 눈이 보였다. 아스팔트처럼 딱딱하고 차가운 회색 눈동자……. 곧 나는 나와 다른 색의 눈동자들을 마주하게 될 것이다. 각각, 아니 어쩌면 두 사람을 동시에.

머리카락을 대충 말리고서 손가락으로 빗질을 했다. 머리칼이 흩날리자 샴푸 향이 훅 풍겼다. 어떻게든 조금이라도 더 당당해 보이면 좋겠다고 생각했다. 하지만 늘 그랬듯이, 마음처럼 잘 되지는 않았다.

커다란 운동장은 열정적인 움직임과 땀, 함성으로 가득 차 있었다. 저 멀리에 에스펜과 타리예이 선배가 보였다. 나는 관중석 가장자리에 자리를 잡았다.

"여기! 패스!"

타리예이 선배가 운동장 왼쪽의 터치라인을 따라 골문으로 내달렸다. 예스페르 선배가 중앙에서 드리블을 하며 그 뒤를 따랐다. 그런데 패스를 하려는 순간, 어디선가 불쑥 나타난 에스펜이 공을 가로채 번개처럼 반대쪽 골문으로 달려갔다. 눈앞에서 공을 뺏긴 타리예이 선배가 제자리에 멈춰 서며 인상을 찡그렸다. 그러고는 예스페르 선배에게 뛰어가 뒤통수를 툭 쳤다.

"미안!"

예스페르 선배가 소리쳤지만, 타리예이 선배는 이미 몸을 돌린 후였다. 뒤통수를 긁적거리던 예스페르 선배가 곧 뒤따라 달렸다.

경기 종료가 가까워질수록 심장이 뛰는 속도가 빨라졌다. 가슴속의 묵직한 덩어리도 점점 커졌다. 이 분 뒤에 누구와 인터뷰를 하게 될까? 그리고 나는 둘 중에 누구를 더 피하고 싶은 걸까?

경기 종료 직전, 3학년에게 마지막 기회가 왔다. 타리예이 선배가 골문을 향해 힘껏 슛을 날렸다. 하지만 그 골은 골키퍼의 손에 가로막혔다. 선배가 욕설을 내뱉으며 잔디를 걷어찼다. 골문을 향해 달려오던 예스페르 선배는 에스펜의 등에 대고 가운데 손가락을 슬쩍 들어 올렸다.

그와 동시에 휘슬이 울렸다. 드디어 경기가 끝났다. 인터뷰 상대가 결정되었다. 오늘의 최고 득점자는 에스펜이었다.

선수들이 하나둘 운동장을 빠져나갔다. 에스펜은 마지막으로 운동장을 벗어나, 팀원들이 모인 곳으로 천천히 걸어갔다. 탈의실로 향하던 상대편 선수 몇 명이 에스펜에게 악수를 청했다. 하지만 타리예이 선배는 앞만 보며 조용히 운동장을 빠져나갔다.

벤치로 온 에스펜을 하이파이브로 맞이한 코치가 무슨 말인가를 건네며 내 쪽을 가리켰다. 에스펜이 고개를 끄덕이고는 내 쪽으로 몸을 돌렸다. 순간, 우리 둘의 눈이 마주쳤다. 나는 멋쩍은 미소를 지으며 뻣뻣하게 손을 흔들었다. 에스펜의 녹색 눈동자가 보석처럼 반짝이더니 이내 가늘게 휘어졌다.

"마리에, 안녕!"

에스펜이 곧장 달려와 가볍게 포옹을 했다. 땀으로 흠뻑 젖어 있었지만, 나는 예전처럼 개의치 않고 에스펜의 두 팔에 몸을 기댔다. 에스펜은 꽤 오랫동안 팔을 풀지 않았다.

"인터뷰를 하겠다는 기자가 너였어? 스포츠 기사까지 쓰다니

대단한데?"

에스펜이 씩 웃으며 물을 한 모금 마셨다.

"곧장 시작하면 되나? 난 준비됐어."

나는 미리 적어 온 질문을 눈으로 훑었다. 오늘 승리의 비결은? 평소의 훈련 방법은? 이번에 최고 득점 기록을 깰 수 있겠는지……? 하지만 내가 정말로 묻고 싶은 질문은 따로 있었다. 왜 이제는 머리를 염색하지 않는지, 옷 스타일은 왜 바꾼 것인지, 가끔씩 우리의 예전 관계를 떠올리는지……. 물론 이런 걸 물을 수는 없겠지만.

"최고 득점 기록을 깰 수 있는 비결이 있니? 아니, 그러니까 내 말은……, 네가 신기록을 세울 수 있을 것 같냐고……."

질문이 뒤죽박죽 섞여 버렸다. 일할 때의 나답지 않았다. 상대가 에스펜이라는 이유로 이렇게 평정심이 무너질 줄이야.

내가 자꾸 버벅대자 에스펜이 웃음을 터뜨렸다. 문득 포옹하다가 내 뺨에 옮겨 묻은 에스펜의 땀이 아직 마르지 않았다는 것을 깨달았다. 그리고 지금처럼 나를 보고 웃어 줄 때면 주변이 환해지는 것 같던 그 기분이 여전하다는 것도.

"지난 학기까지만 해도 기록을 깰 거라고는 미처 생각지 못했어. 하지만 지금은 아니야. 이대로라면 충분히 가능할 것 같아. 혹시 건방져 보이니?"

에스펜이 씩 웃었다.

"전혀. 실제 기록이 그렇잖아."

나는 고개를 저으며 에스펜의 대답을 받아 적었다. 에스펜이 크게 웃음을 터뜨렸다.

"하긴, 제목을 잘 붙이면 괜찮을지도 모르겠네. 넌 기사 제목을 뽑는 데 탁월한 재능이 있잖아."

이번에는 나도 웃음을 터뜨렸다. 하지만 귀가 화끈거렸다. 에스펜도 타리예이 선배의 인터뷰 기사를 읽은 모양이었다.

그리고 나서 인터뷰를 얼마간 더 진행할 때였다.

"안녕!"

뒤쪽에서 타리예이 선배가 불쑥 나타났다. 방금 씻고 나와서인지 꽤 멀리서부터 샴푸 향이 풍겼다. 타리예이 선배가 에스펜과 눈을 맞추며 고갯짓을 했다.

"인터뷰 중? 좋은 기사가 나올 것 같아?"

에스펜이 고개를 끄덕였다.

"당연하죠. 누가 쓰는 기사인데요."

"그렇겠지."

타리예이 선배가 나를 향해 미소를 지었다. 경기 중의 날카롭던 모습은 온데간데없었다. 에스펜이 타리예이 선배와 나를 번갈아 바라보았다.

"안녕, 나중에 또 보자."

타리예이 선배가 내 옆을 스쳐 지나가며 팔을 살짝 건드렸다.

한 번, 그리고 우연이라는 듯이 한 번 더. 아니, 정말 우연이었을지도 모르지만 왠지 기분이 묘했다. 멀어지는 선배의 등을 눈으로 쫓던 에스펜이 내게로 고개를 돌렸다.

"둘이 친해?"

나는 고개를 저었다.

"친하다고 하기에는 애매하지. 인터뷰를 한 것뿐이니까."

"흐음……, 뭔가 분위기가 묘한데?"

나는 헛기침을 하며 시선을 돌렸다. 그리고 남은 질문을 눈으로 천천히 훑은 뒤 고개를 들었다.

"기사에 필요한 이야기는 얼추 다 들은 것 같아."

에스펜이 고개를 끄덕이며 미소를 지었다.

"좋아."

"피곤할 텐데 인터뷰해 줘서 고마워. 나중에 또 보자."

에스펜이 눈을 가늘게 늘이며 부드럽게 웃었다.

"응, 그 말대로 되길 바라."

나는 대답 대신 슬쩍 웃어 준 뒤 발길을 돌렸다. 에스펜의 부드러운 얼굴이 머릿속에서 맴돌았다. 운동장을 한참이나 벗어난 후에도 그 얼굴은 잔상처럼 남아서 쉬이 사라지지 않았다.

제목은
네 맘대로

"가진 것이 많을수록 갖고 있지 않은 것에 대한 미련이 크다."

포장도 뜯지 못한 채 쌓아 둔 상자들, 제자리를 잃고 떠도는 물건들, 문이 닫히지 않을 정도로 옷이 가득 찬 옷장……. 폭탄이라도 떨어진 것 같은 난리 통 속에서, 연녹색의 잠옷을 입은 엄마가 절망적인 얼굴로 두 팔을 축 늘어뜨린 채 서 있었다.

나는 지금까지 들은 온갖 명언 중에서 가장 막무가내 같은 말을 내뱉는 엄마를 보며 가까스로 웃음을 삼켰다.

"'소유한 물건이 열 가지가 넘는다면, 그때부터는 물건에게 지배당한다.'는 말을 들은 적이 있어요."

엄마가 눈을 동그랗게 뜨며 나를 쳐다보았다.

"겨우 열 개? 이 중에서 어떻게 열 개만 남길 수 있어?"

"그야 저도 모르죠. 어딘가에 기부하는 건 어때요?"

엄마가 고개를 저었다.

"그건 안 돼. 혹시 네가 '열 가지 종류'를 잘못 기억하고 있는 건 아닐까?"

"아닐걸요."

나는 웃음을 터뜨리며 고개를 저었다. 엄마가 다시 어깨를 축 늘어뜨렸다.

"어쨌든 문제긴 해. 이 상황을 얼른 해결해야 할 텐데……."

그때 주머니 속에 있는 휴대폰이 부르르 울렸다. 에스펜의 메시지였다.

> 어제 말한다는 게 깜박했어. 기사 제목은
> 네가 원하는 대로 정해도 돼, 정말로.

그사이 엄마는 주문을 외듯 뭔가를 중얼거리며 옷장을 들쑤시기 시작했다. 아크릴 소재의 녹색 스웨터가 허공을 가르고 휙 날아왔다. 나는 얼른 몸을 피하면서 에스펜에게 물음표를 보냈다. 엄마가 내 발 옆에 떨어진 녹색 스웨터를 바라보며 말했다.

"미안! 그거, 저쪽에 좀 갖다 놔 줄래? 재활용할 옷이거든."

그러고는 손가락으로 구석에 쌓인 옷 무더기를 가리켰다. 나는 스웨터를 집어 엄마가 가리킨 옷 무더기 위에 올려놓았다. 때 맞추어 에스펜에게서 다시 메시지가 왔다.

> 요즘 구독자가 줄어서 고민이라며? 그러니까 네가 원하는 대로 써. 난 아무래도 좋으니까.

> 고마워!

하트 스마일 이모티콘을 덧붙일까 하다가 그만두고 휴대폰을 주머니에 넣었다. 그런데 그때 휴대폰이 또 부르르 떨렸다. 이번 에는 타리예이 선배였다. 짤막한 문장 아래 곧 개봉하는 영화의 예고편 링크가 붙어 있었다.

> 이 영화, 재미있을 것 같지 않아?

"마리에! 엄마 도와주러 온 거 아니었어?"

엄마가 옷장 속으로 들어갈 듯 얼굴을 파묻고 소리쳤다. 하지 만 내 귀에는 아무 소리도 들어오지 않았다. 갑자기 영화라니? 무슨 뜻으로 하는 말이지?

"잠깐만요! 이딜이 급하게 뭘 물어봐서……. 얼른 답장 보내 고 도와 드릴게요."

나는 후다닥 내 방으로 간 뒤, 방문을 꼭 닫고 선배가 보낸 링크를 눌렀다. 날아다니는 자동차를 피해 전력 질주하는 주인공의 모습……. 제목을 검색하니 SF 영화였다. 사실 SF 장르는 좋아하지 않지만, 굳이 이야기할 필요는 없을 것 같았다.

> 네, 그러게요. 재미있어 보여요.

> 같이 보러 갈래? 신문 기사로 영화 리뷰는 안 쓰니?
> 아, 제목은 네 마음대로 붙여도 돼.

메시지 끝은 놀리는 말이었지만, 아무튼 영화를 보러 가자는 것은 분명했다. 내가 메시지를 확인했다는 걸 선배도 알고 있으니, 얼른 답장을 보내야만 했다. 고민할 시간이 많지 않았다.

> 좋아요!!

> 하하하:) 토요일 어때? 예매는 내가 해 둘게.

> 토요일 괜찮아요.

좋다는 대답을 너무 기다렸다는 듯이 보낸 것 같아서 마무리는 마침표로 아주 간결하게 지었다. 하지만 사실은 묻고 싶은 게 너무 많았다. 갑자기 왜 영화를 보러 가자는 거예요? 혹시 내가 영화를 좋아한다고 말했던가요? 설마 단둘이 가는 건 아니죠? 다 보내면 대화 창이 물음표로 가득 찰 만큼이나.

보내지 못한 질문이 허공에서 빙빙 돌 때, 타리예이 선배로부터 답장이 왔다.

> 좋아. 토요일에 매표소 앞에서 보자.

그날 밤, 나는 잠을 설쳤다. 창밖에서는 간간이 자동차가 지나는 소리만 들려왔다. 나는 수시로 메시지 함을 열어 선배가 보낸 메시지를 읽고 또 읽었다.

선배의 메시지에 다른 의미를 더하지 않으려고 엄청 애를 썼다. 예스페르 선배랑 가는 것과 똑같다고, 그 영화가 너무 보고 싶은데 다른 친구들은 시간이 안 나는 모양이라고, 그래서 누구든 같이 볼 사람이 필요한 것뿐이라고.

그러거나 말거나, 머릿속에서는 자꾸 다른 목소리가 속삭였다. '정말 그렇게 생각해?'라고. 결국 침대에서 몸을 일으켰다. 납작해진 베개를 괜스레 몇 번 툭툭 두드리고는 다시 자리에 누웠다.

이번에는 메시지 함을 열지 않았다. 대신에 비밀번호를 누르고 숨겨 놓은 비밀 폴더를 열어서 가장 최근에 저장한 사진을 눌렀다. 환하게 웃는 타리예이 선배가 화면을 가득 채웠다. 갈색 눈동자, 가지런한 미소, 그리고 영화를 같이 보러 가자고 적었을 손가락…….

심장이 마구 뛰기 시작했다. 얼굴도 뜨거워졌다. 나는 지금 기뻐하는 걸까, 아니면 두려워하는 걸까?

"그거, 데이트 신청이네!"

지난밤에 겨우 가라앉힌 간질간질함이 다시 번져 오르기 시작했다. 나는 애써 무덤덤한 척하며 심장 근처를 손가락으로 꾹 눌렀다.

"네가 보기에는 그래?"

"누가 봐도 데이트 아니야? 게다가 타리예이 선배는 3학년이잖아. 3학년이라면 다들 데이트를 아무렇지도 않게 한다고."

"혹시 다른 사람이 함께 가지 않을까? 그럴 수도 있잖아?"

내 말에 침대에 누워 있던 이딜이 고양이처럼 몸을 쭉 뻗더니, 못마땅한 표정으로 한숨을 내쉬었다.

"누구? 에스페르 선배? 설마! 그러면 미리 말했겠지."

에스페르 선배를 떠올려 보았다. 항상 불만에 찬 표정으로 입꼬리를 삐뚜름하게 올리며 나를 바라보던 그 얼굴……. 나는 고개를 설레설레 저으며 이딜의 생각이 맞기를 바랐다.

"그런데 말이야, 이딜……. 보통 데이트할 때는 뭘 해?"

"음……, 밥 먹고 영화 보기?"

"그야 그렇겠지……. 그러면 데이트할 때는 무슨 대화를 해?"

이딜이 고개를 갸우뚱하며 생각에 잠겼다.

"아마 상대방에 대해서 궁금한 걸 물어보지 않을까? 좋아하는 음식이나 취미 같은 것들 말이야. 데이트의 목적은 서로를 더 잘 알아 가려는 거니까."

"응……, 그러면 혹시……."

입은 떼긴 했지만 물어도 될지 계속 망설여졌다. 하지만 이딜이 아니면 물어볼 사람이 없기 때문에 용기를 내었다.

"스킨십을 꼭 해야 할까? 손을 잡는다든지 하는 거……."

순간, 이딜이 크게 웃음을 터뜨렸다.

"그야 서로 원하면 그렇겠지? 하지만 정답은 없을걸. 그냥 흘러가는 분위기에 따라 네 마음이 내키는 대로 하면 돼."

흘러가는 분위기? 그걸 어떻게 알아챌 수 있을까? 만약 나는 그런 분위기로 읽었는데, 상대방은 아니라면? 그런 상상을 하자 온몸에 소름이 쭉 끼쳤다.

이딜이 내 옆구리를 콕 찔렀다.

"왜? 그렇게 긴장 돼?"

"조금……. 만약 네 말대로 이게 진짜 데이트라면 말이야."

나는 고개를 끄덕이며 우중충한 회색 스웨터를 아래로 잡아

늘었다.

"그런데 네가 잘못 생각한 거면 어떡해? 데이트가 아니면 어떡할 거냐고. 선배가 나한테 데이트를 신청할 만한 이유를 도무지 못 찾겠어서 그래."

왠지 말할수록 자신감이 자꾸 사라지는 기분이 들었다. 이딜은 한숨을 폭 내쉬고는 내 손을 꼭 잡았다. 맑은 갈색 눈동자가 나를 똑바로 바라보았다.

"마리에, 그런 생각 하지 마. 너는 우리 학교에서 제일 멋진 아이야. 너랑 데이트하는 쪽이 오히려 고마워해야 한다고!"

말을 하는 이딜의 얼굴에도, 그 말을 듣는 내 얼굴에도 미소가 번졌다. 복잡했던 마음이 위로받는 기분이었다. 타리예이 선배와의 만남도 기대가 되기 시작했다. 적어도 어젯밤보다는 그런 것 같았다.

"고마워, 이딜. 그런데 부탁이 하나 있어. 이번 만남을 데이트라고 부르진 말아 줘. 최소한 데이트인지 아닌지 확실해지기 전까지는."

이딜이 고개를 끄덕였다.

"어휴! 알았어."

때 아닌
착각

'양팔을 묶고 뛰어도 우승은 문제없어.'

이번 인터뷰 기사의 사진으로는 팔짱을 끼고 선 모습을 골랐다. 턱을 치켜들고 자신만만하게 웃는 에스펜의 얼굴을 보자 나도 모르게 슬쩍 미소가 떠올랐다. 만약 내가 아직도 에스펜을 좋아하고 있었더라면 배 속이 한창 간질거렸을 것이다.

최종 기사를 확인하던 마가 선배가 웃음을 터뜨렸다.

"마리에, 이 제목은…… 정말 훌륭해! 에스펜이 진짜 이렇게 말했어?"

나는 고개를 끄덕였다. 사실 제목은 내가 지은 것이었다. 물론 이번에는 당사자인 에스펜에게 미리 보여 주고 허락을 받았지만. 에스펜은 동의하는 정도가 아니라 마음에 쏙 든다며 엄청 좋아했다.

"이번 기사도 정말 마음에 든다! 앞으로는 스포츠 기사도 종종 부탁해야겠어. 이대로 업로드해."

마가 선배가 손뼉을 한 번 친 다음, 회의실을 휘둘러보았다.

"이번 주에도 조회 수를 책임질 만한 기사가 한 편 확보됐어. 하지만 이걸로 만족하면 안 돼."

마가 선배가 내 오른편으로 시선을 던졌다.

"이딜, 이제는 네가 뭔가를 좀 보여 줘야 하지 않겠니?"

컴퓨터 화면을 뚫어지게 보고 있던 이딜이 고개를 들었다.

"안 그래도 계속 기삿거리를 찾는 중이에요."

마가 선배가 고개를 끄덕이고는 딴 데로 시선을 돌렸다. 그 틈에 이딜이 나와 눈을 맞추며 '데이트 관찰?'이라고 중얼거렸다. 나는 손가락으로 조용히 엑스자를 그렸다. 가십난에 오르고 싶은 생각은 없었다. 더구나 데이트인지 뭔지 확실하지도 않은 상황에서는.

마가 선배가 회의 끝을 알리며 한마디 더 덧붙였다.

"좋아. 다른 사람들도 잘되어 가지? 혹시 좋은 이야깃거리를 듣거든 곧장 이딜에게 전해 줘. 뜬소문이든 뭐든 상관없어."

"마리에, 이번에는 평소랑 좀 다르게 입어 보는 게 어때?"

이딜은 엄마를 슬쩍 바라본 후 계속 말을 이었다.

"평소 옷차림이 별로라는 게 아니라, 데이트니까 좀 색다르게 입으면 좋겠다는 거지."

나는 단호하게 고개를 저었다.

"데이트라고 부르지 말라니까. 계속 이러면 한 발짝도 안 나갈 거야."

이딜이 마음에 안 든다는 듯 입을 삐죽댔다.

"알았어, 알았어. 데이트라는 말은 취소! '전혀 마음에 없는 남학생이지만 어쩌다가 시간이 맞아 함께 영화관에 가는 일'이라고 하자. 이제 됐니?"

그 말에 엄마가 웃음을 터뜨리며 원피스를 한 벌 내밀었다.

"이딜과 엄마는 이 옷으로 정했어."

나는 엄마가 내민 청색 원피스를 바라보았다. 벨벳 원단이 빛을 받아 반짝였다. 굳이 만져 보지 않아도 얼마나 보드라운지 느껴졌다. 하지만 이런 건 파티에나 어울릴 법한 옷이었다.

"파티도 아니고……. 그 옷은 오버예요!"

내 말에 엄마가 고개를 절레절레 저었다. 하지만 이딜은 그럴 줄 알았다는 듯 아무렇지도 않게 말했다.

"그렇게 말할 줄 알았지. 그래서 하나 더 찾아 놨어. 내가 네 스타일에 빠삭한 걸 고마워해야 할걸. 이건 거절 못 할 테니까."

그러고는 자신만만한 표정으로 검은색 미니스커트와 회색 스웨터를 건넸다.

"어때? 평소에 잘 입는 색이지만 스타일은 좀 다르지? 이 옷이면 나한테 몰래 찍히더라도 부끄럽지 않을 거야."

이딜이 웃음을 터뜨렸다. 하지만 나는 웃지 않았다.

"이딜, 그만해!"

"왜? 마가 선배의 말, 잊었어? 기삿거리가 있으면 뭐든 전해 주라고 했잖아."

나는 굳은 얼굴로 이딜을 째려보았다. 그제서야 이딜은 항복했다는 듯 두 팔을 번쩍 들어 올렸다.

"어휴, 알았어! 두 사람이 정식으로 사귀기 전까지는 아무 짓도 안 할게."

이딜이 턱으로 욕실을 가리켰다. 나는 한숨을 쉬며 옷을 갈아입으러 욕실로 들어갔다. 그리고 잠시 후, 밖으로 나왔을 때는 예상한 대로 요란스러운 환호를 들을 수 있었다.

"어머, 마리에! 정말 예쁘다!"

"치마가 좀 짧지 않아?"

이딜이 내 말에 손사래를 치며 립글로스를 건넸다.

"이거 발라. 입술이 엄청 반짝거리면서 부드러워질 거야."

한쪽 눈을 찡긋하는 이딜의 얼굴에 장난기가 가득했다. 뺨으로 열기가 번져 오르는 것이 느껴졌다.

나는 넷째 손가락으로 조심스럽게 분홍색 립글로스를 찍어 발랐다. 하지만 여전히 거울 속의 모습을 바라볼 용기는 나지 않았다. 그래서 머리 모양을 매만져 주는 이딜만 계속 바라보았다. 그런 내 마음을 눈치챘는지, 이딜의 눈꼬리가 가늘게 휘어졌다.

"마리에, 거울 좀 봐. 정말 예뻐."

영화관 안은 팝콘 냄새로 가득했다. 짭짤하고도 달콤한 냄새가 온몸을 덮는 걸로 모자라, 머리카락에까지 스며드는 기분이었다. 새로 신은 단화의 밑창은 발걸음을 뗄 때마다 삐걱대며 소리를 냈다. 익숙지 않은 옷차림으로 괜히 불편함을 더한 것 같아서 조금 후회가 되었다.

매표소로 향하는 길목을 따라 걷자, 벽에 걸린 영화 포스터와 반짝이는 불빛, 모여든 사람들이 차례로 보였다. 타리에이 선배는 팝콘 기계 앞에 서 있었다. 손등까지 내려오는 진녹색의 긴팔 셔츠 차림으로. 학교에서는 본 적 없는 단정한 모습이었다.

주변에는 아무도 없었다. 영화를 보는 건 단둘인 게 분명했다. 그때 눈이 마주쳤다. 나는 선배를 향해 손을 흔들고는 천천히 발걸음을 옮겼다. 혹시라도 넘어질까 봐 아래만 쳐다본 채 조심하면서. 나는 선배의 발끝이 보인 후에야 겨우 고개를 들었다.

"안녕? 오늘 예쁘네."

그 말에 습관처럼 머리를 쓸어내리려다가 움칫 멈추었다. 이딜이 올림머리를 해 주었다는 걸 깜박했다.

"고맙습니다."

"팝콘 좋아해? 미리 사 두었는데."

타리예이 선배가 팝콘 통을 슬쩍 내밀며 말했다. 나는 고개를 끄덕였다.

"시간이 조금 남았지만 미리 들어가 있자."

타리예이 선배가 앞장서서 걷기 시작했다. 나도 그 뒤를 따라 갔다. 하지만 걸을 때마다 치마가 말려 올라가는 것 같아서 신경 쓰느라 발걸음이 자꾸 느려졌다. 그때 타리예이 선배가 뒤를 돌아보며 말을 걸었다. 나는 치마에서 후다닥 손을 뗐다.

"이번 기사도 재미있더라. 굉장히 잘 읽히던걸? 아무래도 넌 그쪽으로 재능이 있나 봐."

"그래요? 고맙습니다."

"에스페르는 난리가 났지만 말이야. 인터뷰를 진심으로 받아들였는지 자존심 상해하는 것 같아."

나는 괜스레 마음이 찔려 어색하게 웃었다. 그러는 틈에 어느새 상영관 앞에 도착했다. 영화관 직원이 우리를 막아서자, 타리예이 선배가 휴대폰을 열어 입장권을 보여 주었다.

"두 명이요."

직원이 뒤에 있는 나를 바라보며 물었다.

"이렇게 두 분이시죠?"

"네, 아니, 그러니까……. 네, 이렇게 두 명이요."

타리예이 선배가 헛기침을 했다. 괜스레 심장이 쿵쿵댔다. 직원이 고개를 끄덕이며 입장권을 스캔했다.

"즐거운 시간 보내세요."

우리는 영화관 안으로 들어갔다. G열의 11번과 12번 좌석. 솔직히 말하면, 우리는 아직 나란히 앉아서 영화를 볼 만큼 친한 사이는 아니었다. 그래서 그런지 안이 살짝 어두운 게 매우 다행스럽게 여겨졌다.

먼저 들어가 앉은 타리예이 선배가 팝콘 통을 쓱 내밀었다.

"이거 먹어."

나는 작게 웃으며 고개를 끄덕였다. 하지만 내 팔은 옆구리에 딱 붙어 있는 그대로였다. 도저히 선배의 팔이 올라가 있는 팔걸이에 내 팔을 올려놓을 용기가 나지 않았다. 물론 팝콘도 먹을 수 없었다. 몸을 옆으로 기울이면 거리가 너무 가까워졌다. 영화를 보는 내내 숨 쉬기는 그른 것 같았다.

"생각보다 괜찮더라."

"네, 재미있었어요."

"주인공이 산속에서 가방을 잃어버리는 장면이 정말 웃겼어."

선배가 웃음을 터뜨렸다. 그랬……던가? 기억이 잘 나지 않았다. 하지만 티 내지 않고 따라 웃었다.

아직은 가을이었지만, 해가 지니까 겨울처럼 공기가 꽤 쌀쌀

했다. 영화관을 빠져나온 사람들이 버스 정류장과 주차장, 그리고 저마다의 목적지로 뿔뿔이 흩어졌다.

타리예이 선배와 나는 여전히 영화관 입구에 서 있었다. 출입구로 온 직원이 우리를 흘낏 쳐다보고는 셔터를 내렸다. 영화관 안쪽의 조명이 꺼지고 이내 주변이 조용해졌다. 선배의 시선이 나를 향했다.

어느새 한기가 사라지고 따스한 느낌이 온몸을 간질였다. 나는 바닥을 보는 대신 선배를 정면으로 마주 보았다. 선배의 갈색 눈동자가 오롯이 눈에 들어왔다. 그 순간, 이딜의 말이 맞을지도 모른다는 생각이 들었다. 오늘의 만남은 데이트이고, 선배가 나를 좋아하는 것 같다던 그 말이.

우리는 꽤 오랫동안 서로를 바라보았다. 이 분위기……. '흘러가는 분위기'라는 건 바로 지금을 말하는 게 아닐까? 나는 용기를 끌어모아 선배에게 한 발짝 다가갔다. 선배도 피할 생각이 없어 보였다.

그런데 그때, 선배가 갑자기 이맛살을 찌푸리며 얼굴을 휙 돌렸다. 그러고는 내가 다가간 것보다 뒤로 멀찍이 물러났다. 예상치 못한 반응이 몹시 당황스러웠다. 혹시 내가 분위기를 잘못 읽은 건가?

"안녕, 타리예이!"

등 뒤에서 커다란 목소리가 들려왔다. 깜짝 놀라서 뒤를 돌아

보니, 타리예이 선배와 같은 학년인 마르테, 요아킴 선배가 서 있었다. 타리예이 선배는 내게서 한 발짝 더 뒤로 물러선 뒤 그쪽을 향해 살짝 손짓했다.

"영화 보러 왔어?"

요아킴 선배의 물음에 타리예이 선배가 고개를 끄덕였다.

"뭐 봤는데?"

"철로 위의 스파이."

그때 마르테 선배가 턱으로 나를 가리키면서 요아킴 선배의 옆구리를 쿡 찔렀다. 순간, 요아킴 선배의 눈이 가늘게 휘어졌다.

"오, 뭐야. 데이트? 우리가 방해한 건가? 미안!"

하지만 얼굴에는 미안한 기색이 전혀 보이지 않았다. 타리예이 선배도 장난기 가득한 두 사람의 반응을 눈치챘는지 당황한 얼굴로 고개를 저었다. 내 쪽으로는 절대 눈길을 주지 않은 채.

"아니야, 방해한 거 없어."

마르테 선배가 요아킴 선배를 향해 의미심장하게 웃었다. 그러고는 몸을 기울여 속삭였다.

"그만 놀려. 쟤, 부끄러워하잖아. 그만 가자. 어떤 분위기였는지는 모르겠지만, 정말로 우리가 끼어든 거면 어떡해?"

분명 귓속말이지만 누구에게나 똑똑히 들릴 만큼 또렷한 목소리였다. 타리예이 선배의 갈색 피부가 빨갛게 물들었다. 나는 다리에 힘이 풀려 금방이라도 주저앉을 지경이었다.

"내일 보자, 타리예이."

요아킴 선배가 씩 웃으며 작별 인사를 건넸다. 하지만 마지막까지도 나를 흘낏 곁눈질하는 것을 잊지 않았다. 마르테 선배와 요아킴 선배가 천천히 멀어졌다. 하지만 두 사람의 키득거림은 여운처럼 한참을 맴돌았다.

나는 두 사람의 뒷모습을 가만히 지켜보았다. 마침내 그들이 모퉁이를 돌아 보이지 않게 된 순간, 마르테 선배의 웃음소리가 터져 나왔다. 오랫동안 참았다는 듯이 온 거리가 떠나갈 만큼 아주 크게.

나는 심호흡을 했다. 깊게 숨을 들이마시고 선배를 향해 몸을 돌렸다. 주변은 아까보다 조용했지만, 머릿속은 회오리가 몰아치는 것처럼 복잡했다. 나는 마르테 선배의 말과 웃음소리를 잊으려고 애썼다.

"오늘 영화 잘 봤어요. 고맙습니다."

"아……, 뭘……."

타리예이 선배가 멋쩍게 웃으며 시선을 떨구었다. 그러고는 한 발짝 더 뒤로 물러섰다.

순간, 지금의 상황을 단번에 이해하게 되었다. 전에도 경험해 본 일이었다. 물론 그때는 타리예이 선배가 아니라 에스펜이었지만……. 나를 피하는 눈빛과 꾹 다문 입, 그곳에 보이는 감정은 후회였다. 애초에 선배에게 나랑 사귈 생각 같은 건 있지도 않았던 거다.

나는 마음이 떠난 사람이 어떻게 변하는지 잘 알고 있었다. 그리고 그때 내가 어떻게 행동해야 하는지도.

"더 늦기 전에 가 볼게요."

애써 웃는 선배의 입꼬리가 파르르 떨렸다. 억지로 만든 미소는 이전의 미소와 너무나도 달랐다. 순식간에 거리감이 생겨났다. 따뜻하다고 생각했던 몸에 한기가 스며들었다.

"월요일에 학교에서 볼 수 있겠지?"

"아……. 네, 안녕히 가세요."

나는 겨우 목소리를 짜내어 작별 인사를 한 후, 후다닥 몸을 돌렸다. 가능하면 빨리 멀어지고 싶었다. 심장이 목구멍 밖으로 튀어나올 만큼 세차게 뛰었다.

나를 위아래로 훑어보던 마르테 선배의 눈길, 당황한 얼굴로 데이트가 아니라던 타리에이 선배의 말, 그런 선배가 나를 좋아한다고 착각했던 나……. 그 모든 것이 머릿속을 스쳐 지나갔다. 집으로 가는 동안, 나는 터져 나오려는 눈물을 겨우겨우 참았다.

뭐, 나를
좋아한다고?

이딜과 함께 간식을 사러 매점에 가는 길이었다. 오늘처럼 둘다 도시락을 깜빡한 날이면 우리는 번갈아 간식을 사곤 했다.

선배와 어색하게 헤어지고 나서 어느새 일주일이 지났다. 마주치지 않으려고 열심히 노력한 덕에 민망함과 수치심은 거의 사라진 상태였다. 체온은 정상으로 돌아왔고, 두 다리도 가벼웠다. 이제 콧노래도 흥얼거릴 수 있었다.

매점 안은 한산해 보였다. 줄을 서지 않아도 될 것 같아서 기분이 좋았다. 나는 온몸으로 문을 밀며 매점 안으로 들어갔다. 그런데 한 발짝 들어선 순간, 발이 우뚝 멈춰 버렸다. 밖에서 보이지 않는다고 방심하는 게 아니었는데……. 타리에이 선배가 매점 안 테이블에 앉아 있었던 것이다. 미처 피할 틈도 없이 그만 선배와 눈이 마주쳐 버렸다.

"안녕?"

머리는 자연스럽게 가던 길을 가라고 재촉했지만, 어떻게 된 일인지 몸이 꼼짝도 하지 않았다. 심장이 너무 크게 뛰어서 관자놀이까지 쿵쿵 울리는 것 같았다.

"……안녕하세요?"

잠시 희미해졌던 그날의 감정이 다시 떠올랐다. 스스로가 너무 바보 같고 한심했지만, 도저히 멈출 수가 없었다.

"점심 먹으러 온 거야?"

나는 고개를 가로저었다. 선배가 살짝 웃었다.

"그래? 그러면 뭐 하러 왔어?"

차마 눈을 마주칠 수 없어서 고개를 푹 숙였다. 선배가 고개를 갸웃거리며 나와 눈을 마주치려고 했다. 나는 짧게 심호흡을 하며 마음을 진정시켰다. 그리고 고개를 들어 최대한 차분하게 대답했다.

"그냥 간식 사러 온 거예요."

선배가 천천히 고개를 끄덕였다.

"바쁜가 보네. 알았어. 나중에 또 볼 기회가 있겠지?"

"네."

말을 더 걸고 싶어 하는 눈치였지만, 나는 짐짓 재빨리 몸을 돌렸다. 내 등에 꽂히는 선배의 시선이 느껴졌다. 나는 그 시선을 애써 무시하며 계산대로 갔다. 그리고 최대한 자연스럽게 빵과 음료수를 계산한 다음, 매점 밖으로 나가기 위해 몸을 돌렸다.

시선이 쭉 따라오는 게 느껴졌다. 선배는 내가 문손잡이를 잡는 순간까지도 계속 나를 바라보았다. 그 순간, 울화가 치밀었다. 왜 이제서야 저렇게 봐 주는 걸까? 지난 일에 대해서 더 이상 생각하고 싶지 않았지만, 나는 결국 몸을 돌리고 말았다.

"다음부턴 영화를 보러 가고 싶으면 다른 사람한테 부탁하세요. 같이 있어도 부끄럽지 않을 만한 사람에게요."

나는 할 말을 빠르게 쏘아붙이고선 매점 문을 벌컥 열었다. 뭔가 말하려는 듯 자리에서 일어나는 선배의 모습이 보였다. 하지만 일부러 뒤를 돌아보지 않았다.

거실로 들어가는 중문이 제대로 열리지 않았다. 아래를 내려다보니, 엄마의 요가 방석이 문틈에 끼어 있었다. 손으로 밀고 발로도 차 봤지만, 문은 꼼짝도 하지 않았다.

"엄마! 엄마!"

방 안에 있던 엄마가 급히 뛰어나왔다. 엄마는 문에 낀 방석을 빼내고 조심스레 문을 열어 주었다.

"미안! 청소하는 중이었어!"

"어휴! 그 정리는 대체 언제 끝나는 거예요?"

나는 소리 내어 한숨을 쉬고는 신고 있던 신발을 던지듯 벗어 밀어 놓았다.

"마리에?"

"피곤해요. 좀 쉴게요."

나는 고개를 갸웃거리는 엄마를 뒤로하고 방으로 들어갔다. 그리고는 침대에 누워 베개에 얼굴을 파묻었다. 머릿속을 텅 비우고 싶었지만 마음처럼 잘되지 않았다. 나는 신경질적으로 발을 구르며 다시 일어났다. 그때 나를 따라 방으로 온 엄마가 조심스럽게 물었다.

"무슨 일 있었니?"

"아니요, 아무 일도 없었어요. 적어도 엄마한테 말씀드릴 일은요. 만약 문제가 있더라도 요가가 해결해 줄 수 있는 일이 아니에요. 그러니까 그냥 좀 내버려 두세요."

엄마는 방문에 기대어 잠깐 동안 나를 물끄러미 바라보다가 천천히 고개를 끄덕였다.

"알았어."

하지만 엄마는 거실로 걸어가다 말고 걸음을 멈추었다.

"혹시 무슨 일이 있으면……."

"엄마!"

엄마는 미간을 살짝 찡그리고는 등을 돌렸다.

"알았어, 알았다고! 아무 말도 안 할게."

나는 더 이상 방해받지 않도록 방문을 닫았다. 그러고는 잡생각을 떨쳐 내기 위해 친구들의 SNS를 돌아다녔다. 하지만 마음은 가라앉지 않았다. 이유 없이 불안하고 기분도 좋지 않았다.

그렇게 시간이 가는 줄도 모르고 한참을 휴대폰만 들여다봤다. 머리가 어지러웠다. 휴대폰 속의 환한 미소와 웃음 가득한 댓글, 재미있는 영상과 걱정 없이 빛나는 사진들……. 이 모든 것들이 나와는 거리가 멀어 보여서 더욱더 우울했다.

그때 휴대폰이 부르르 울렸다.

> 뭐 해?

타리예이 선배였다. 답장을 보내고 싶지 않았다. 하지만 이런 내 마음을 읽었는지, 새로운 메시지가 바로 도착했다.

> 오늘 매점에서 왜 그랬어?

> 뭐가요?

내가 느꼈던 감정에 대해서 구구절절 설명하고 싶지는 않았다. 매점에서 한 말로 어느 정도 전달되었을 거라고 생각했다. 선배가 뭔가를 쓰고 있는 듯, 대화 창에 회색 점들이 깜빡였다.

> 혹시 나한테 화난 거 있어? 왠지 그래 보여서.

설마 못 알아챈 거야? 한숨이 절로 나왔다. 나는 더 깊게 고민할 기운도 없어서 생각나는 대로 말을 옮겨 적어 보냈다.

> 나랑 있는 모습을 남들에게 보이기 부끄러우면,
> 애초에 같이 가자고 하질 말았어야죠.

이 정도로 말하면 이제는 알아들었겠지? 나는 화면에서 눈을 떼지 않았다. 그리고 숨을 깊게 들이마셨다가 내쉬며 화난 마음을 진정시키려고 애썼다.

긴 정적 끝에 휴대폰이 울렸다.

> 그게 무슨 말이야?

맙소사! 선배는 내 예상보다 훨씬 둔하고 멍청했다.

> 요아킴 선배랑 마르테 선배를 만났을 때, 나랑 있는 걸
> 창피해했잖아요? 행동이 이상하고 어색했다고요.

이번에는 곧장 답장이 왔다.

> 뭐? 내가 너를?

선배가 민망한 표정의 이모티콘을 덧붙여 보냈다. 나는 답장으로 물음표를 보냈다.

> 솔직히 말해서 좀 어색해했던 건 맞아. 하지만 너를 부끄러워한 건 아니야, 절대.

답장을 보내려고 했지만 무슨 말을 하면 좋을지 떠오르지 않았다. 선배는 내 답을 기다리지 않고 또 메시지를 보냈다.

> 난 네가 그날의 만남을 데이트라고 생각하지 않을까 봐 걱정했어. 네 생각이 어떤지 모르는데 나 혼자 데이트라고 이야기할 수는 없잖아.

> 그래서 좀 어색하게 대했던 거야.

> 그날 일을 다시 생각해 보니 오해할 만했네. 미안.

선배로부터 쏟아지듯 메시지가 도착했다.

그러니까 내가 부끄러워했던 건······
네 짐작과는 정반대의 이유였어.

무슨 뜻인지 알겠어?

하얀 화면 속에서 회색점 세 개가 계속 깜빡였다. 선배가 계속해서 뭔가를 쓰고 있는 중이었다.

다행이라고 생각했다. 선배가 말한 정반대의 이유가 무엇인지, 질문에 대한 답이 무엇인지 도저히 감을 잡을 수 없었기 때문이다. 하지만 마음은 무언가를 예감한 듯, 심장이 제멋대로 쿵쿵대며 불규칙적으로 뛰기 시작했다.

그 순간, 대화 창의 회색 점들이 사라지고 짧은 메시지가 도착했다.

널 좋아해.

'널 좋아해. 널 좋아해. 너를 좋아해······.'

수십 번, 아니면 수백 번? 메시지를 이렇게나 반복해서 읽으면, 닳아서 없어져 버리는 것이 아닐까?

하지만 다행히 몇 번을 들여다봐도 메시지는 사라지지 않았다. 하얀 화면 속 까만 글자, 옅은 회색의 상자에 담긴 선명한 글자들…….

선배가 나를 좋아한다고 했다.

'날아갈 것만 같은 기분'이 실감되는 아침이었다. 오늘은 어제
보다 훨씬 따뜻했고, 햇빛도 더 눈부셨다.

어제저녁에 이딜에게 전화를 걸어 선배에게 고백받은 것과 집
에 놀러 오라고 초대받은 일을 전했다. 그 후로 이딜은 잠자리에
들기 전까지 메시지를 폭풍처럼 마구 날렸다. 그걸로도 모자라
오늘 아침에 등굣길 내내, 나보다 더 흥분해서 쉬지도 않고 떠들
어 댔다.

"기분이 어때? 엄청 떨리지?"

나는 말없이 그냥 씩 웃었다. 그리고 얼마 남지 않은 학교 정
문을 바라보았다. 선배는 어디쯤 와 있을까? 혹시 가는 길에 우
연히 마주치지는 않을까? 나처럼 오늘 만날 생각에 기대와 설렘
으로 들떠 있을까?

그때였다. 운명처럼 타리예이 선배가 보였다. 선배는 같은 반
친구들과 중앙 계단 앞에 서 있었는데, 여느 때처럼 예스페르 선
배가 농담을 했는지 나지막이 웃음을 터뜨리는 중이었다.

이딜도 금세 선배를 발견하고는 내 옆구리를 쿡 찔렀다.

"마리에, 저기! 타리예이 선배야!"

그러고는 허리를 쭉 펴면서 말했다.

"기죽지 마. 최대한 자연스럽고 당당하게 걷는 거야."

나는 이딜을 돌아보며 웃음을 터뜨렸다. 알면서도 모르는 척 행동하는 건 이딜이 세상에서 가장 못하는 일이었다. 역시나, 이딜은 목을 쭉 빼고 턱을 치켜든 채 매우 부자연스럽게 걸었다.

어제 이후 우리는 어느 한쪽이 주눅 드는 관계에서 벗어났다. 손을 잡고, 포옹을 하고, 정식으로 집에 초대하는 사이가 된 것이다. 그런데도 막상 학교에서 만나자 긴장되고 뻣뻣해지는 것은 어쩔 수 없었다.

먼저 인사를 해도 될지 고민이 되었다. 선배가 친구들과 있는 데다, 주변에 다른 사람도 꽤 많았기 때문이다. 다른 길로 돌아갈까 하는 생각이 들기도 했지만, 내 다리가 너무도 자연스럽게 계단 쪽으로 향했다.

에스페르 선배가 먼저 우리를 발견했다. 타리예이 선배도 곧 뒤따라 고개를 돌렸다.

"안녕, 마리에!"

그 순간, 타리예이 선배가 커다랗게 인사를 건넸다. 에스페르 선배가 뭔가를 말하고 있었는데, 그 말을 뚝 잘라 버리고서. 잠깐 동안 정적이 흘렀다. 이딜이 멍하니 서 있는 내 어깨를 툭 치며 눈짓을 했다. 얼른 답인사를 하라는 신호였다.

"안녕하세요, 선배."

타리예이 선배가 환하게 웃었다.

"학교 끝나고 교문 앞에서 기다릴게."

나는 고개를 끄덕였다. 너무 기뻤다. 숨결이 살짝 떨리는 게 느껴질 정도였다.

계단을 돌아 타리예이 선배가 보이지 않을 만큼 멀어지자, 이딜이 귀가 먹먹해질 정도로 소리를 내질렀다. 반사적으로 나온 비명이었는지, 이딜 스스로도 놀라서 흠칫 입을 다물었다.

그러다 금세 웃음기 가득한 얼굴로 내게 몸을 바싹 붙이고 속삭였다.

"헐, 대박! 선배가 친구들이랑 있는데도 말을 걸었어!"

이딜이 내 어깨를 잡고 마구 흔들었다.

"이거 진짜지? 실제 상황이라고!"

나는 이딜을 진정시키려고 했지만 거의 불가능해 보였다. 당장 나조차도 가슴이 터져 버릴 것만 같았기 때문이다.

"이 중에 어떤 게 좋아?"

나는 나란히 놓여 있는 치즈를 훑어보았다. 평소에는 엄마가 주는 대로 먹는 편이었다. 하지만 그렇게 대답하면 아무 생각 없이 남의 말을 따르는 사람처럼 보일까 봐 짐짓 무난한 대답을 골랐다.

"어……, 딱히 가리는 건 없어요."

내 말에 타리예이 선배가 마일드 치즈를 한 통 집어 들었다.

"그럼 이걸로 하자."

순간, 나도 모르게 미간이 찌푸려졌다. 그 모습을 본 선배가 웃음을 터뜨렸다.

"말이랑 표정이 다른데? 이건 싫어하나 보네."

나는 고개를 저었다.

"아니, 싫다기보단…… 그 치즈는 좀 밍밍하잖아요."

타리예이 선배가 손에 든 치즈를 살짝 흔들었다.

"싱겁다고? 이게?"

"만약 선배가 치즈 향만 내고 싶은 거라면 괜찮겠지만요."

내 말에 선배가 장난기를 가득 담아 내 옆구리를 쿡 찔렀다. 나는 작게 비명을 지르며 뒤로 물러섰다. 우리는 그 자리에 서서 치즈를 들었다 놓았다 하며 한참 동안 장난을 쳤다. 둘의 거리가 가까워질 때마다 꼭 감전된 것 같은 기분이 들었다.

"그렇다면…… 오늘은 이걸로 해야겠다."

마지막으로 선배가 집어 든 것은 제일 아래에 있던 카스텔로 치즈였다. 푸른곰팡이로 숙성한 블루치즈.

"어……, 진심이에요? 그건 정말……."

"별로라고? 아냐, 괜찮을 거야. 나는 꼭 이걸 사야겠어."

선배가 블루치즈를 든 채 계산대로 성큼성큼 걸어갔다. 하지만 얼굴에는 여전히 웃음기가 가득했다. 나도 따라 웃으며 선배의 뒤를 쫓았다. 그리고 아까 당한 것처럼 선배의 옆구리를 쿡 찌르고는 치즈를 휙 빼앗았다. 선배가 웃음을 터뜨리며 순순히 블루치즈를 내어놓았다. 그리고 비어 버린 손으로 내 손을 꽉 움켜쥐었다.

우리는 마트에서 나온 뒤 나란히 골목길을 걸었다. 선배의 왼손은 새로 고른 브리 치즈를 들고 있었고, 오른손은 내 손을 꽉 잡고 있었다. 타리예이 선배의 집은 공원 왼쪽 골목 끝에 있었다. 엄마와 산책을 할 때면 가끔 한 바퀴씩 돌곤 했던 바로 그 공원이었다.

어느새 선배의 집 앞에 다다랐다. 그런데 문을 열려고 대문에 손을 얹었을 때, 골목 어귀에서 누군가가 말을 걸었다.

"이제 오냐?"

소리가 난 쪽을 바라보니, 예스페르 선배가 서 있었다. 내게는 한 번도 만나지 못한 타리예이 선배의 가족보다도 더 불편한 사람……. 저 사람이 왜 여기에 있는 걸까?

"넌 여기 웬일이야?"

타리예이 선배가 의아한 얼굴로 나를 쳐다보았다. 그러자 예스페르 선배의 얼굴에 어이없다는 표정이 떠올랐다.

"오늘 화요일이잖아. 저녁에 게임하기로 약속한 거 잊었어?"

타리예이 선배가 이마를 탁 치더니, 고개를 절레절레 저었다.

"아, 미안해. 깜박했다."

그리고는 난처한 표정으로 나를 가리키며 덧붙였다.

"오늘 마리에랑 집에서 영화 보기로 했는데…… 어쩌지?"

"뭐? 나랑 한 약속이 먼저잖아."

에스페르 선배가 투덜거리자, 잠깐 고민에 잠겼던 타리에이 선배가 나를 돌아보며 귓속말로 물었다.

"정말 미안한데, 오늘만 같이 놀아도 될까? 여기까지 왔는데 다시 가라고 하기도 그렇고……. 약속을 잊은 건 내 잘못이니까."

나는 고개를 끄덕였다. 집까지 찾아온 친구를 돌려보내는 건 곤란한 일이 분명했다. 충분히 이해할 수 있었다.

"야, 다 들리거든."

"그럼 너도 같이 영화 볼 거지?"

에스페르 선배는 이맛살을 찌푸리며 마지못해 고개를 끄덕였다. 타리에이 선배는 미안한 얼굴로 나에게 웃어 준 후, 대문을 열고 성큼성큼 안으로 걸어 들어갔다.

나는 그 뒤를 쫓아가며 에스페르 선배에게 살짝 눈인사를 건넸다. 선배는 한껏 어색한 표정으로 인사를 받아 주었다. 그 순간, 에스페르 선배가 지금의 상황을 나만큼이나 싫어하고 있다는 것이 고스란히 느껴졌다. 나를 좋아하지 않는 사람과 저녁 내내 함께 있어야 한다는 사실이 무척 불편했지만 애써 아무 말도 하지 않았다.

"에스페르 선배도 같이 있었다고?"

이딜이 자리에서 벌떡 일어나는 바람에 휴대폰 화면이 흔들렸다. 하도 닦달하는 통에 집에 오자마자 오늘 있었던 일을 영상 통화로 낱낱이 이야기하는 중이었다. 이딜은 '남자들이란!' 하고 중얼거리고선 화를 버럭버럭 내며 방 안을 이리저리 서성였다.

물론 나도 그 말에 한없이 공감하는 중이었다. 내가 말을 할 때마다 못마땅하게 눈동자를 굴리던 에스페르 선배의 얄미운 얼굴이 떠올랐다. 소파에 앉을 때나 간식을 먹을 때도 최대한 멀리 떨어져 닿지 않으려 애쓰던 모습도 생각났다. 엄청나게 징그러운 벌레나 냄새나는 물건을 대하듯이.

이딜이 헛기침을 하며 목을 가다듬었다.

"그 선배 이야기는 됐어! 지금은 그게 중요한 게 아니지. 타리예이 선배 이야기나 더 해 봐!"

타리예이 선배. 이름만 들었는데도 나쁜 기분이 사라지고 몽글몽글한 감정이 솟아올랐다. 갑자기 주변의 모든 것이 나른하게 늘어지는 느낌이 들었다. 얼굴이 풀어지면서 절로 미소가 떠올랐다.

어떤 이야기부터 하면 좋을까? 부엌에서 함께 치즈 샌드위치를 만든 것? 내 옆을 지나갈 때마다 일부러 어깨와 손을 톡톡 건드렸던 것? 아니면 집에 갈 때 배웅해 주면서 꼭 안아 주었던 것?

"대체 뭘 떠올리고 있기에 그렇게 헤벌쭉거려? 저기요, 표정 관리가 전혀 안 되고 있는데요?"

하지만 놀림을 받아도 전혀 기분이 나쁘지 않았다.

"타리예이 선배는 정말…… 멋있어."

"그걸로는 안 돼. 더 자세히 설명해 봐."

나는 손가락으로 머리카락을 돌돌 말며 생각에 잠겼다.

"음……, 생각보다 섬세하고 다정했어."

"어머, 그래? 역시 왕자님! 구체적으로 어떻게?"

"예를 들면……, 직접 만든 샌드위치 맛이 괜찮은지 계속 묻더라고. 마실 것도 챙겨 주고……. 또, 뭔가 필요해 보이면 말하기 전에 갖다주고. 영화 볼 때도 자리가 불편하지 않은지, 춥진 않은지 하나하나 챙겨 줬어."

나는 잠시 말을 멈추었다가 다시 입을 열었다.

"원래는 집까지 바래다주려고 했는데, 예스페르 선배 때문에 그렇게까지는 못했어."

흐뭇한 얼굴로 이야기를 듣던 이딜이 장난스럽게 씩 웃으며 물었다.

"키스는? 안 했어?"

"이딜!"

순간, 방 안의 공기가 훅 더워졌다. 얼굴이 발갛게 달아올랐다. 나는 양 볼을 두 손으로 감싸고 현관에서 배웅하던 타리예이 선배를 떠올렸다. 나와 눈을 맞추려 다정하게 상체를 굽히던 모습, 내 손을 살짝 잡아 쥔 손가락, 잘 가라고 다섯 번이나 말하던 입술, 그리고 묘한 분위기……. 나는 세차게 고개를 흔들었다.

"아니야, 키스는 안 했어."

"그래? 스킨십이야 뭐, 시간문제지."

툭 던진 이딜의 말이 가슴속에서 작은 파장을 일으켰다. 그동안 눌려 있던 감정들이 한꺼번에 튀어나올 것 같은 기분이었다. 그렇게 되면 나조차도 내 감정을 쉽게 다스릴 수 없는 상태가 될 것이다. 한번 터져 나온 감정을 숨기는 일은 쉽지 않으니까. 그러자 와락 겁이 났다.

나는 마음을 진정시키며 얼른 대화의 주제를 돌렸다.

"그런데 앞으로도 선배를 만날 때마다 예스페르 선배가 끼어들면 어떡하지?"

이딜이 콧방귀를 뀌며 어깨를 으쓱했다.

"설마! 친구끼리 무슨 질투를 그렇게 요란하게 한담! 만약 그러더라도 무시해. 그럴수록 본인만 더 없어 보일 거야."

나는 고개를 끄덕이며 웃음을 터뜨렸다. 이딜의 말에도 일리가 있었다. 예스페르 선배는 딱히 신경 쓸 필요가 없었다. 적어도 지금까지는 아무 일도 없으니까.

뜻밖의 손님

훈련 후에 샤워를 했는지, 선배의 머리칼이 흠뻑 젖어 있었다. 나는 이제 운동장 반대편에서도 선배를 찾아낼 만큼 익숙해졌다. 선배도 그런 걸까? 거의 동시에 나를 발견하고는 손을 흔들었다.

"더 말리고 나올걸. 밖으로 나오니까 좀 썰렁하네."

"그래요? 무지 시원해 보이는데?"

내가 농담을 건네자, 선배가 씩 웃더니 머리를 내 쪽으로 기울여 마구 흔들었다.

"어때? 너도 시원하지?"

"아, 하지 마요!"

팔을 들어 막으려고 했지만, 그새 내 얼굴과 머리에 물이 꽤 튀었다. 그러자 내 앞머리에서 선배와 같은 샴푸 냄새가 났다. 그래서일까? 머리가 젖었는데도 기분이 좋았다.

타리예이 선배가 겨우 웃음을 그치고는 물었다.

"저녁에 시간 돼? 이따 만날 수 있어?"

"오늘은 안 돼요. 기사 마감을 해야 해서요."

내가 아쉬운 표정을 짓자, 선배도 눈썹을 축 늘어뜨렸다.

"제보가 하나 들어왔거든요. 마가 선배가 졸업한 선배에게 받은 거라는데, 성적 오류가 뒤늦게 발견되는 바람에 문제를 겪고 있다나 봐요."

"그래? 그게 누군데?"

나는 어깨를 으쓱했다.

"그건 모르겠어요. 익명으로 왔다고 해서요."

"성적 오류라……, 궁금하긴 하네."

선배가 고개를 끄덕이며 웃었다.

"그런데 꼭 내일까지 써야 하는 기사야?"

"네, 나도 조정할 수 있으면 미뤄 버리고 싶어요."

나는 한숨을 폭 내쉬며 한껏 아쉬운 척을 했다. 애교 섞인 투정이 어색해 보일까 봐 걱정했지만, 웃고 있는 선배를 보니 그렇지도 않은 모양이었다.

"어쩔 수 없지. 그럼 오늘은 형이랑 연습이나 하러 가야겠다."

타리예이 선배가 휴대폰을 꺼내 살짝 흔들었다. 그때 에스페르 선배가 다가와 타리예이 선배의 어깨를 툭 쳤다.

"여기서 뭐 해?"

타리예이 선배가 휴대폰에서 눈을 떼지 않은 채 대답했다.

"아무것도 안 해. 오늘 마리에가 기사 마감을 해야 된다고 해서, 나는 형이랑 연습하러 가려던 참이야."

에스페르 선배가 야구 모자를 깊게 눌러쓰며 나를 바라보았다. 눈매가 묘하게 가늘어졌다.

"오늘도 축구 취재?"

나는 고개를 저었다.

"아니에요. 그날은 대타로 간 거예요. 스포츠 담당은 따로 있거든요."

"그래? 그때 기사는 읽을 만하던데."

에스페르 선배가 비뚜름하게 말을 이었다.

"물론 허풍이 좀 있긴 했지만. 아니다, 따져 보면 아주 틀린 말이 아니긴 해. 에스펜이 축구를 좀 잘해? 양손이 뭐야, 혼자서 축구팀 전체를 상대해도 이길 수 있을걸?"

기분 나쁠 정도로 빈정대는 말투였다. 나만 그렇게 느낀 게 아니었는지, 타리예이 선배가 에스페르 선배의 말을 막았다.

"그게 무슨 말이야? 너, 미쳤어?"

"왜 그래? 농담 좀 한 걸 가지고. 다음 취재에 참고하라는 뜻에서 한 말이야."

타리예이 선배가 예스페르 선배를 툭 치고는 미안한 표정으로 나를 바라보았다.

"대신 사과할게. 얘는 이렇게 가끔 받아치기 힘든 농담을 한다니까."

순간, 예스페르 선배의 얼굴이 구겨졌다. 나를 노려보는 눈빛에서 강한 적대감이 느껴졌다. 나는 애써 그 눈길을 무시하며 타리예이 선배에게로 고개를 돌렸다.

"괜찮아요."

"내일은 만날 수 있겠지? 빨리 내일이 됐으면 좋겠다."

나는 고개를 끄덕였다. 그리고 내 뺨을 쓰다듬는 선배의 손을 톡톡 두드렸다.

"나도요."

엄마가 만든 해독 주스 냄새가 내 방까지 진동했다. 생강과 딸기, 귀리 우유가 섞인 냄새는 상상 이상으로 지독했다. 기사를 막 마감하고 나서 겨우 식힌 머리가 다시 지끈거렸다.

그때 옆에 놓아두었던 휴대폰이 부르르 떨렸다. 막 집어 들려는 순간, 휴대폰이 한 번 더 울렸다.

메시지를 보낸 건 에스펜이었다. 밤 열 시가 막 지난 시각이었다. 최근에는 메시지를 주고받은 적도 없거니와, 예전에도 이렇게 늦은 시각에 연락한 적은 없었는데……. 괜히 긴장되어 심장이 쿵쿵 뛰었다.

뭐 해?

자?

아니, 왜?

답장을 곧장 보냈는데 한참이나 답이 오지 않았다. 휴대폰을 엎어 두었다. 그렇게 얼마쯤 지났을까?

톡! 창문에 무언가가 부딪히는 소리가 났다. 시계를 확인해 보니 10시 20분이었다. 쨍! 잘못 들었나 싶었는데 다시 소리가 들렸다. 처음엔 작고 가벼웠지만 이번에는 좀 더 높고 날카로웠다. 분명히 나뭇가지나 낙엽이 바스락대는 소리는 아니었다.

나는 창문을 열고 고개를 쑥 내밀었다. 소리의 주인공을 찾는 데는 오래 걸리지 않았다. 반짝이는 녹색 눈동자, 내가 좋아했던 보라색 머리칼……. 창문 밖 골목 맞은편에 에스펜이 서 있었다.

"이 방은 여전하네?"

에스펜이 책 세 권과 빗, 사인펜 무더기를 한쪽으로 밀어 놓고 자연스럽게 침대에 걸터앉았다. 그 애가 내 방에 앉아 있는 모습을 보는 건 너무 오랜만이어서 오히려 어색한 기분이 들었다. 하지만 에스펜은 바로 어제도 그랬다는 듯 아주 익숙한 태도였다.

"계속 그렇게 서 있을 거야?"

나는 고개를 저으며 책상 의자를 끌어와 앉았다. 우리는 그렇게 한참이나 말없이 서로를 멀뚱멀뚱 바라보았다. 무슨 바람이 불어서 머리칼을 또 보라색으로 염색한 걸까? 그리고 대체 이 밤에 왜 불쑥 찾아온 건지……. 머리가 복잡했다.

"어때? 괜찮아?"

에스펜이 자신의 머리칼을 가리키며 물었다. 나는 고개를 끄덕였다.

"응, 잘 어울려."

"보라색은 네가 가장 좋아하는 색이잖아."

에스펜의 밝고 깨끗한 녹색 눈동자가 왠지 모를 단호함을 띠었다.

"지난번에 네가 쓴 기사, 재미있더라. 사진도 잘 나왔고."

"고마워. 스포츠 기사는 처음이라 좀 허둥댔는데 다행이야."

"별로 어렵진 않았잖아? 어쨌든 결론은 '에스펜이 또 승리하다'였으니까."

에스펜이 웃음을 터뜨렸다. 나도 따라 웃으며 등받이에 등을 기댔다. 뻣뻣하게 굳은 어깨가 조금 풀어지는 것 같았다.

"혹시 또 취재하러 올 계획은 없어?"

"다행히도 없어."

내가 고개를 젓자 에스펜이 씩 웃었다.

"아쉽네. 나는 그날 널 봐서 좋았는데."

"나도 인터뷰 상대가 너여서 다행이라고 생각했어."

"그래? 타리예이 선배가 아니라?"

에스펜이 내 얼굴을 찬찬히 응시했다. 꼭 내가 하는 생각을 읽어 내려는 것처럼. 그 탓에 선배만 생각하면 절로 번지게 되는 미소를 감추느라 엄청 애를 썼다. 물론 눈치가 빠른 에스펜이라면 이미 모든 걸 읽어 냈을 테지만.

"혹시 둘이 사귀어?"

나는 어깨를 으쓱했다.

"아직은 아니야."

"그럼 선배를 좋아해?"

기분이 이상했다. 내가 에스펜과 이런 이야기를 나누고 있다니! 불과 일 년 전만 해도 내가 좋아하는 사람은 에스펜이었는데. 나는 아무 말도 하지 않고 그냥 웃었다. 에스펜을 얼른 보내고 이 어색한 분위기를 떨쳐 버리고 싶은 마음만 가득했다.

그러다 문득 에스펜에게 찾아온 이유를 묻지 않았다는 게 떠올랐다. 나는 자연스럽게 느껴지길 바라며 대화를 돌렸다.

"그나저나 이 시각에 웬일이야?"

에스펜의 녹색 눈동자가 낮게 가라앉았다. 순간, 심장이 빠르게 뛰기 시작했다.

"오늘 레아와 헤어졌어."

그 말과 함께 방 안의 공기가 무겁게 가라앉았다.

"그냥……, 갑자기 네가 생각나더라고."

에스펜은 에스펜이었다. 하고 싶은 말이 있으면 깊게 고민하지 않고 곧장 뱉어 내는 아이. 하지만 나는 그렇지 못했다. 대답할 말을 선뜻 찾지 못하고 한참이나 단어를 골라야 했다.

"어……, 그래……? 힘들겠네. 그래도 힘내."

많고 많은 말, 수없는 단어 중에서 내가 할 수 있는 대답은 겨우 이것뿐이었다.

"뭐? 선배랑 아직 사귀는 게 아니었어?"

이딜이 인상을 팍 구겼다. 나는 화들짝 놀라 검지를 입술에 가져다 댔다. 수업 시작종이 울린 터라, 아이들이 하나둘 교실로 들어오고 있었기 때문이다.

"목소리 좀 낮춰, 이딜! 그야……, 사귀자는 말을 직접 들은 건 아니니까……. 게다가 학교 밖에서 만난 건 겨우 두 번뿐이야. 사귄다고 하기에는 좀 그렇지 않아?"

이딜이 이마를 짚으며 한숨을 내뱉었다. 시작은 어젯밤의 일을 털어놓으면서부터였다. 이딜이 교실까지 쫓아 들어와 질문을 던져 대는 통에 그만, 선배와의 관계까지 줄줄이 늘어놓고 만 것이다.

"하지만 고백은 받았잖아. 게다가 학교 안에서는 매일 만났고, 그때마다 손도 잡았고……. 그리고 오늘 오후에는 선배네 집에 또 가기로 했다며?"

맞는 말이었다. 고백을 받았고, 손도 잡았다. 게다가 조금 전에는 오늘 저녁에 영화를 보자는 메시지도 받았다. 하지만 '사귀자'는 말을 듣지 못한 것 또한 사실이었다.

모든 상황을 파악한 이딜의 조언은 간결하고 명확했다. '에스펜은 그만 잊어라. 지금은 타리예이 선배에게만 집중해라'. 하지만 말처럼 쉬운 일은 아니었다. 머리로는 알아도 막상 실천하기는 어려운 것처럼, 모든 일이 너무나 복잡했다.

나는 책상 위에 털썩 엎드렸다. 얼굴이 마비된 것 같았다. 마음의 일부는 여전히 어젯밤의 그 시간에 남아 있었다. 내 침대에 앉았던 에스펜과 무겁게 가라앉은 공기, 그리고 정적……. 에스펜은 왜 군이 늦은 시각에 찾아와 헤어졌다는 이야기를 한 걸까?

만약 그 이야기를 몇 주 전에 들었더라면 기뻐했을지도 모른다. 어쩌면 사그라든 감정이 다시 타올랐을지도 모르고. 하지만 지금은 그저 불편하기만 할 뿐이었다.

이딜이 축 처진 내 등을 찰싹 두드리며 말했다.

"마리에, 정신 차려. 너도 태도를 똑바로 해야 해. 그리고 날짜만 안 셌다뿐이지, 내가 보기에 두 사람은 이미 사귀는 사이야."

그때 휴대폰에서 불빛이 반짝였다. 타리예이 선배의 메시지였다.

> 오늘은 방해꾼 없어. 치즈도 네가 원하는 걸로 준비해 둘게.

이 넓은 학교 안에서 피하고 싶은 사람은 어쩌나 잘 마주치는지! 불과 몇 시간 만에 에스펜을 또 만났다. 머리칼을 다시 보라색으로 바꾼 탓에 빨간 벽돌담으로 가득한 교내와 대비되어 더 잘 보이기도 했다. 먼저 나를 발견한 에스펜이 손을 크게 흔들며 인사를 했다.

"안녕, 마리에!"

기분 탓인가? 도저히 어제 실연한 아이라고는 생각되지 않을 만큼 밝아 보였다. 나는 거침없이 다가오는 에스펜을 피해 옆으로 살짝 발을 옮겼다.

"어제는 고마웠어. 좀 당황스러웠지?"

나는 미소를 지으며 고개를 저었다.

"당황한 건 아니고, 좀 놀라긴 했어."

에스펜이 웃음을 터뜨렸다.

"놀랐다고? 누가 창문에 돌멩이를 던져서 불러낸 적 없어?"

나는 고개를 저으며 작게 웃었다. 그때 공교롭게도 이쪽으로 걸어오는 예스페르 선배가 보였다. 피하고 싶은 사람 2호에 이어 피하고 싶은 사람 1호까지……. 혹시 방금 대화가 들렸을까?

"그야 드라마에서나 그러지, 실제로 누가 그래?"

예스페르 선배 때문에 목소리가 점점 작아졌다. 아니, 아니지. 나쁜 짓을 하는 것도 아니고 그저 대화를 나누는 것뿐인데, 내가 왜 눈치를 보고 있는 거야?

어제 일도 그랬다. 밤늦게 에스펜이 찾아온 건 내 잘못이 아니었다. 내가 부른 것도 아니지만, 설령 그렇다 해도 문제 될 건 없었다. 타리예이 선배와 나는 아직 사귀는 사이가 아니고, 접때 선배도 예스페르 선배를 돌려보내지 않았으니까!

나는 주먹을 꼭 쥐며 생각을 정리했다. 마음이 한결 진정되는 것 같았다. 에스펜과는 이제 정말로 친구일 뿐이었다. 이딜 같은 친구 말이다. 친구 사이에 인사를 나누거나 집에 놀러 오는 일은 아무것도 아니었다.

"좋아, 그러면 앞으로도 누가 창문에 돌을 던지거든 그냥 나라고 생각해."

이번에는 나도 편안하게 따라 웃었다.

"그럼 나중에 또 보자. 오후 수업 잘 들어."

나는 고개를 끄덕였다. 에스펜이 몸을 돌려 건물 안으로 사라지고 나서야 긴장이 풀렸는지 입에서 한숨이 새어 나왔다.

나도 교실로 돌아가야겠다 싶어서 몸을 막 돌렸을 때였다. 순간, 비명이 나올 뻔했다. 지나쳐 간 줄 알았던 예스페르 선배가 등 뒤에 떡 버티고 서 있었기 때문이다. 빈정거림으로 가득한 얼굴을 보니 배 속이 뒤틀렸다.

"왜? 에스펜이 또 기삿거리가 되어 주기로 했어?"

나는 아무 대답을 하지 않은 채 고개를 가로저었다.

"하긴, 따로 만날 때마다 기사 때문이라고 둘러댈 순 없겠지."

그러고는 검지로 제 오른쪽 눈 밑을 톡톡 두드리면서 말을 이었다.

"조심해. 어디에든 지켜보는 눈이 있으니까."

대체 날 왜 그렇게 싫어하는 거냐고 묻고 싶었다. 하지만 예스페르 선배는 내가 입을 열기도 전에 사라져 버렸다.

"축구 시합을 또 취재하라고요?"

마가 선배가 고개를 끄덕였다.

"미안한데 어쩔 수 없어."

나는 큰 소리로 한숨을 푹 쉬었다. 오늘 저녁에는 타리예이 선배와 영화를 보기로 했다. 그것도 단둘이서.

"오늘은 결승전이 있는 날이야. 만약 에스펜이 골을 넣는다면 승리는 물론이고, 역대 기록도 깨질걸."

내가 입술을 달싹이자, 마가 선배가 내 말을 끊으며 말했다.

"우리한테 중요한 시기잖아. 지난번에도 잘해 냈으니까, 이번에도 이슈가 될 만한 기사를 쓸 수 있을 거야."

나는 천천히 고개를 끄덕였다. 하지만 마음이 무거웠다. 이런
식으로 에스펜과 자꾸 마주치는 게 영 껄끄러웠다. 타리예이 선
배에게도 양해를 구해야 했다. 모든 일이 의도치 않게 얽혀서 점
점 복잡해지는 것만 같았다. 하지만 나로서는 마가 선배의 결정
을 따르지 않기가 어려웠다.

한숨을 내쉬며 휴대폰을 꺼냈다.

> 오늘 저녁에 축구 시합 취재를 가야 할 것 같아요.
> 정말 미안한데, 영화는 내일 보면 안 돼요?

타리예이 선배가 찡그린 이모티콘을 보냈다. 나는 작게 웃음
을 터뜨리고 답장을 보냈다.

> 안 된다고 말할 수가 없었어요(T_T)

선배가 엄지를 내린 이모티콘을 보냈다.

> 진짜 미안해요.

이어서 싹싹 비는 이모티콘을 덧붙이자, 선배가 엄지를 세운

이모티콘과 함께 다정한 메시지를 보냈다.

> 어쩔 수 없지. 내일 만나자.

　나는 답장으로 하트를 보내고 시계를 확인했다. 시간이 많지 않았다. 서둘러야만 했다. 축구 시합은 한 시간 후에 시작될 예정이었다.

　경기가 끝나고 모두 돌아간 후의 운동장은 아주 고요했다. 운동장에 남아 있는 건 나와 에스펜, 둘뿐이었다. 에스펜네 팀이 승리를 거머쥐면서 역대 최고 득점 기록을 경신했다. 2학년 팀이 몇 년 만에 우승을 차지할 수 있었던 것은 에스펜 덕이나 마찬가지였다.

　어제 내린 비 때문에 땅이 축축하게 젖어 있었다. 물 먹은 잔디를 잘못 밟는 바람에 운동화 앞코가 조금씩 젖어 들기 시작했다. 금세 발가락 끝이 차가워졌다.

　"안녕."

　"안녕."

　나는 인사를 건네며 벤치에 앉아 있는 에스펜 옆으로 다가갔다. 그러고는 앉자마자 허리를 숙여 젖은 신발 끝을 손가락으로 꾹꾹 눌렀다. 에스펜이 내 신발을 물끄러미 바라보았다.

"신발이 젖었어?"

나는 고개를 끄덕였다.

"조금."

에스펜이 가방에서 마른 수건을 한 장 꺼내어 내 운동화 위에 얹었다.

"이러면 좀 괜찮아지지 않을까?"

"음, 그래. 고마워."

나는 수건을 꾹 누르며 대충 고개를 끄덕였다.

"오늘은 어떻게 대답하면 될까?"

에스펜이 웃으면서 물었다. 나도 덩달아 웃음을 터뜨렸다.

"네가 짜증나게 하고 싶은 사람이 누군지에 달렸지."

"누구든 상관없어. 맨날 닦달하는 코치든, 군기 잡는 3학년이든. 아, 타리에이 선배는 뺄게. 네가 싫어할 것 같으니까."

나는 녹음을 하기 위해 휴대폰을 꺼내면서 말했다.

"응, 그건 싫어."

"아직도 안 사귀어? 아니면 그사이에 고백받았어?"

갑작스러운 질문에 말문이 막혔다. 나는 휴대폰을 무릎 위에 내려놓고 잠깐 뜸을 들였다.

"응, 아직도 아니야. 그리고 앞으로 어떻게 될지 모르겠어."

에스펜은 대답이 없었다. 고개를 들어 쳐다보자, 못마땅한 기색이 역력한 얼굴로 나를 보고 있었다.

"표정이 왜 그래?"

"그냥……, 네가 얼마나 좋은 아이인지 그 선배가 얼른 알았으면 좋겠어서. 기회를 놓치지 말라고 말해 줘야 하나 고민 중이야."

나는 의아한 표정으로 고개를 갸웃했다. 에스펜이 물었다.

"너는 표정이 왜 그래?"

"너한테 그 말을 듣게 될 줄 몰랐거든."

에스펜이 무슨 말이냐는 듯 어깨를 으쓱했다. 하지만 나는 에스펜이 내 말뜻을 모르지 않을 거라고 생각했다.

용기를 낼 때였다. 만약 이번 기회를 놓치면 담아 두었던 말을 영영 할 수 없을 것 같았다. 나는 머릿속을 정리하고 어렵사리 입을 열었다.

"내가 널 좋아했다는 걸 몰랐어?"

속이 후련했다. 아주 오랫동안 하지 못했던 말인데, 내뱉고 나니까 왜 그렇게 망설였는지 의아할 정도로 쉬웠다.

에스펜이 불편한 듯 몸을 비틀며 헛기침을 했다.

"어……, 사실 그럴 것 같다는 느낌은 있었어."

역시나. 에스펜은 내가 자기를 좋아하는 걸 알면서도 모른 척하고서 다른 아이를 선택한 것이었다. 짐작은 했지만 본인 입으로 직접 들으니까 기분이 씁쓸해졌다.

에스펜이 몸을 앞으로 기울여 무릎에 팔꿈치를 기댔다. 그렇게 한참이나 운동장을 멍하게 바라보다가 내게로 시선을 돌렸다.

"지금은? 이제는 나 안 좋아해?"

궁금증을 담은 녹색 눈동자가 나를 뚫어지게 바라보았다. 조용한 밤, 젖은 머리칼, 반짝이는 눈을 보고 있자니, 예전의 감정이 되살아난 것처럼 심장이 괜히 두근댔다. 그래서일까? 그렇다는 대답도, 아니라는 대답도 선뜻 나오지 않았다.

에스펜이 내 손을 잡았다. 잊었다고 생각했던 익숙한 따뜻함이 온몸으로 번져 나갔다. 입학식 때 긴장 풀라며 잡아 주었던 손, 내 머리칼을 쓰다듬던 손, 어깨를 토닥이던 그 손의 따뜻함이. 한때는 특별한 감정을 담아서 잡아 주길 바랐던 손이지만, 그 바람은 끝내 이루어지지 않았었다. 그런데 이제 와서 왜 저런 말을 하는 걸까?

그때 에스펜이 내 쪽으로 몸을 조금 더 기울였다. 꼼짝할 수 없었다. 얼굴이 달아오르면서 심장이 터질 것처럼 뛰었다. 에스펜의 얼굴이 점점 더 가까워졌다.

지금 이게 무슨 상황이지? 나는 흠칫 놀라며 몸을 뒤로 뺐다. 동시에 양손을 올려 입을 막았다.

그제서야 에스펜도 정신이 든 모양인지, 놀란 얼굴로 몸을 빼며 잡았던 손을 놓았다. 한껏 민망해하는 얼굴을 보자 나도 모르게 사과가 튀어나왔다.

"아, 미안! 그러니까 난……, 그냥…….."

"아니야, 내가 미안. 네가 사과할 일 아니야."

나는 양손으로 얼굴을 감쌌다. 두방망이질하는 심장이 도무지 진정되지 않았다. 에스펜이 다시 손을 들어 올렸다. 여느 때처럼 토닥여 주려고 뻗은 손이었겠지만, 나는 몸을 비틀어 그 손마저 피해 버렸다.

에스펜이 미안한 얼굴로 고개를 저었다.

"미안해, 그러니까 긴장하지 마. 아무 일 없었잖아."

고개를 끄덕였다. 맞아, 아무 일 없었어. 아무 일도……. 나는 다행이라고 생각하는 나 자신을 깨닫고는 확신할 수 있었다. 더이상 내 마음속에는 에스펜의 자리가 없다는 것을. 지금 머릿속에 떠오르는 사람은 오직 타리예이 선배뿐이었다.

익명
게시판

"얘기 좀 하자, 지금 당장!"

다음 날, 첫 교시가 끝나고 쉬는 시간에 이딜이 잔뜩 심각한 얼굴로 찾아왔다. 하지만 나는 교과서에서 시선을 떼지 않았다. 다음 시간에 제출해야 할 과제를 아직 못 끝낸 탓이었다.

"여기서 이야기하면 안 돼?"

"안 돼."

이딜이 부산스러운 교실을 휙 살피고는 벌떡 일어나 밖으로 성큼성큼 걸어갔다. 나는 어쩔 수 없이 교과서를 덮고 이딜을 쫓아 나갔다. 하지만 이딜은 복도에서 멈추지 않고 건물 밖까지 나간 뒤, 인적이 드문 운동장 구석으로 나를 끌고 갔다.

"마리에, 누군가가 네 소문을 퍼뜨리고 있어."

"뭐?"

이딜이 휴대폰을 꺼내 내밀면서 조용히 속삭였다.

"수업 시간에 기삿거리를 찾고 있었는데, 학교 게시판에 익명으로 글이 올라왔어. 이걸 좀 봐."

2학년 마리에가 2학년 에스펜과 3학년 타리예이를 저울질한다는 소문을 들었어. 그렇게 안 봤는데, 어장 관리를 꽤 대담하게 하네.

순간, 보이지 않는 손이 심장을 쥐어짜는 듯 숨이 턱 막혔다. 대체 누구지? 설마 어제 일을 누가 보고 오해라도 한 건가? 그 일은 누구도 알아선 안 되는 일이었다. 심지어 이딜이라 할지라도.

"대체 이게 무슨 소리야? 에스펜하고 무슨 일 있었어?"

"아니야, 아무 일도 없었어!"

나는 가빠지는 숨을 애써 억눌렀다. 당황할 것 없다고 속으로 계속 되뇌었다. 옛날의 감정이 떠올라 잠깐 흔들리긴 했지만, 에스펜과는 아무 일도 없었던 게 사실이었다.

"아무 이유 없이 이런 이야기가 돌지는 않아. 모든 소문에는 근거가 있다고. 혹시라도 꼬투리 잡히거나 오해 살 만한 일이 있었던 건 아냐?"

"정말이야. 나도 영문을 모르겠어."

내가 거짓말을 하고 있다니……. 그것도 이딜에게! 하지만 어제 일을 말할 수는 없었다. 익명 게시판의 글은 근거 없는 소문이 많았고, 대개 그런 소문은 금세 사그라들었다. 짐작만으로 털어놓았다가 도리어 일을 키우는 꼴이 될지도 몰랐다.

이딜이 표정을 살피려는 듯 내 얼굴을 빤히 바라보았다. 죄책감이 들었지만 애써 고개를 흔들며 떨쳐 냈다.

"타리예이 선배와는 이야기해 봤어? 선배도 소문을 들었을지 모르잖아."

나는 고개를 저었다.

"아니, 오늘 저녁에 만나자고 한 후로는 연락 없었어."

"잘 생각해 봐. 만약 짐작 가는 일이 있다면 괜한 오해가 없도록 미리 이야기하는 게 나을 수도 있어."

나는 천천히 고개를 끄덕였다. 때맞춰 수업 시작을 알리는 종이 울렸다. 이딜이 시계를 확인하며 말했다.

"이제 가 봐야겠다."

"나도."

이딜이 보일 듯 말 듯 작게 미소를 지으며 돌아섰다.

"나중에 연락할게."

하지만 금방 가라앉을 거라고 생각했던 뜬소문은 이내 현실로 바뀌어 내게로 성큼성큼 다가왔다. 쉬는 시간에 급히 보자는 마가 선배의 호출을 받고 신문사 회의실로 갔다.

"어서 와, 마리에. 다음 호 기사에 대해 이야기를 좀 하려고. 조금 전에 우리 학교에 새로운 커플이 탄생했다는 제보를 하나 받았어. 이딜의 칼럼에 딱일 것 같던데?"

그걸 왜 나한테 말하는 걸까? 불안감이 엄습했다.

"제보요? 어떤……?"

선배가 몸을 뒤로 젖히며 의자를 옆으로 뺐다.

"직접 봐."

나는 선배 옆으로 가서 모니터를 바라보았다. 그리고 나도 모르게 비명을 터뜨렸다. 화면에 떠 있는 것은 에스펜과 나의 사진이었다. 벤치에 앉아 있는 우리 둘의 모습, 심지어 에스펜이 다가오던 바로 그 순간에 찍힌 사진이었다.

그때 나는 몸을 곧장 뒤로 뺐지만, 그 순간은 전혀 담기지 않았다. 멀고 어두워서 당황한 내 표정도 잘 보이지 않았다. 그래서인지 사진 속의 우리는 누가 보아도 키스하기 직전의 연인이었다. 연인이 아니지만 연인처럼 보이게 한, 사실이 아닌 것을 사실로 만들어 버린 교묘한 조작에 정신이 멍해졌다. 심장 소리가 쿵쿵 울렸다.

"저건 진짜가 아니에요! 우리는 키스하지 않았어요!"

혹시라도 내 표정이 보일까 싶어서 사진을 확대해 보았지만 별 소용이 없었다. 확대하면 할수록 해상도가 떨어져서 둘 사이의

거리가 더 가까워 보일 뿐이었다. 마가 선배가 어깨를 으쓱했다.

"마리에, 미안하지만 이 사진이 네 말처럼 아무 사이도 아닌 걸로 보이지는 않아. 그러니까 편집장인 나로서는 아주 좋은 기삿거리를 얻은 셈이지. 냉정하게 생각해 봐. 네가 나였더라도 같은 결정을 내렸을걸?"

나는 절망적인 표정으로 선배를 바라보았다. 하지만 선배는 꿈쩍도 하지 않았다.

"아무튼 이미 늦었어. 사진을 벌써 이딜에게 넘겼거든. 늦어도 내일 아침이면 기사가 나올 거야."

말을 마친 마가 선배가 회의실을 나가려다가 멈칫했다.

"그래도 너니까 미리 알려 준 거야. 듣자 하니 다른 소문도 돌던데, 해명할 시간이 필요할지도 모르겠다 싶어서 말이야. 언제 우리가 당사자에게 미리 기사를 보여 준 적 있었니?"

눈앞이 하얘졌다. 온몸의 감각이 사라져 제대로 서 있기조차 힘들었다.

나는 곧장 이딜을 찾아 나섰다. 하지만 이딜은 그 어디에서도 보이지 않았다. 전화를 걸기도 하고 메시지를 보내기도 했지만 끝내 연락이 닿지 않았다. 선배가 보낸 사진을 벌써 봤겠지? 어쩌면 에스펜과 아무 일 없었다고 끝까지 부정한 내게 배신감을 느끼고 있지는 않을까?

매점을 한 바퀴 돌고 밖으로 나서려던 찰나, 에스페르 선배와 눈이 딱 마주쳤다. 선배는 마치 나를 기다리고 있었다는 듯이 몸을 일으켜 내게로 다가왔다.

"아주 바쁜가 봐? 남자 친구를 여럿 사귀느라고."

"네?"

이건 또 무슨 소리람? 나도 모르게 인상이 찌푸려졌다. 에스페르 선배가 입꼬리를 삐딱하게 올리며 내 어깨를 쿡 찔렀다. 선배의 손이 몸에 닿자, 불쾌한 기분이 더욱 커졌다.

"너, 남자 친구 생겼잖아. 어제 축구 결승전에서 신기록을 세운 그 애 말이야."

에스펜? 에스페르 선배가 말하는 건 에스펜이 틀림없었다.

"에스펜은 남자 친구가 아니에요."

설마 이딜이 벌써 기사를 써서 올린 것은 아닐 테고……. 혹시 게시판 글을 보고 이러는 건가? 등 뒤로 식은땀이 흘렀다.

마음이 더욱 조급해졌다. 일 분이라도 빨리 이딜을 찾아야 했다. 하지만 에스페르 선배는 내 앞에서 비켜설 기미가 보이지 않았다. 오히려 휘파람까지 불면서 여유롭게 버티고 서 있었다.

"발뺌하지 마. 어제 보니 그런 사이 맞던데?"

어제 일을 선배가 어떻게 아는 거지? 내 얼굴이 잔뜩 구겨지자, 에스페르 선배가 웃음을 터뜨리며 두 손으로 사진 찍는 시늉을 했다.

"어제 너희가 같이 있는 걸 봤거든. 꽤 잘 어울리더라. 아! 데이트에 방해될까 봐 말은 안 걸었어."

"세상에……."

그제서야 모든 것을 이해할 수 있었다. 사진을 찍은 사람이 바로 에스페르 선배였다. 원래부터 나와 에스펜을 눈엣가시로 여긴 데다가, 불과 며칠 전에도 지켜보는 눈이 어쩌고저쩌고하면서 협박처럼 말하지 않았던가. 나는 두 손으로 얼굴을 감쌌다.

"시즌이 끝난 기념으로 운동장을 찍으려던 것뿐인데, 어쩌다 보니 너희가 찍혔지 뭐야? 공공장소인데 조심했어야지. 쯧쯧."

나는 천천히 손을 내리고 에스페르 선배를 노려보았다.

"선배도 지켜봤으면 알 것 아니에요? 우리가 키스하지 않았다는 걸요."

에스페르 선배가 무슨 말이냐는 듯 어깨를 으쓱였다.

"난 사진만 찍고 곧장 가서 모르겠는데? 너희가 찍힌 것도 나중에야 알았어."

정신이 아득해졌다. 나는 금방이라도 무너질 것 같은 마음을 부여잡고 물었다. 이것만은 묻고 싶지 않았지만 본능적으로 질문이 튀어나왔다.

"혹시 타리에이 선배한테도 이야기했어요?"

목소리가 내 귀에도 잘 들리지 않을 만큼 작았다. 그런 나를 놀리기라도 하듯, 에스페르 선배가 덩달아 목소리를 낮추어 속삭였다.

"굳이 그럴 필요 없지. 이런 건 가짜 뉴스 전문인 너희 신문사에서 터뜨리는 게 제격이잖아? 안 그래도 마가한테 사진을 보냈더니 아주 좋아하더라고."

선배가 작게 웃음을 터뜨렸다.

"그럼 다음에 또 보자. 아니, 어쩌면 다시는 볼 일이 없을지도 모르겠네."

말을 마친 선배가 환하게 웃으며 몸을 돌렸다.

선배의 등에 대고 고래고래 소리를 지르고 싶었다. 가방을 뺏어서 카메라를 찾은 뒤 사진을 지워 버리고 싶었다. 그리고 무엇보다 선배 얼굴에 가운데 손가락을 날려 주고 싶었다. 하지만 모든 건 그저 상상일 뿐이었다. 마음과 달리, 내 몸은 꼼짝도 하지 않았다.

비밀과
거짓말

식당에서 에스페르 선배를 만난 후, 나는 계속 새로 고침 버튼을 누르며 신문사 홈페이지를 확인했다. 다행히 수업이 모두 끝날 때까지 기사는 올라오지 않았다. 그런데 이딜과 연락이 되지 않았다. 언제 터질지 모르는 시한폭탄을 끌어안은 것처럼 내내 불안했다.

저녁 약속을 취소하려고 했지만 차마 그러지는 못했다. 타리예이 선배가 소문을 듣고 난 뒤의 반응이 두려웠지만, 아무 일도 없는 것처럼 함께 있고 싶은 마음이 더 컸다.

"뭐부터 할까? 영화 볼래, 아니면 뭐 먹을래?"

아무거라도 상관없었다. 나는 환하게 웃는 타리예이 선배를 그냥 가만히 바라보았다.

"난 배가 좀 고픈데, 간식부터 먹어도 괜찮지?"

나는 고개를 끄덕였다. 선배가 고개를 갸웃거리며 내게로 한 발짝 다가왔다.

"오늘 좀 이상하네? 왜 이렇게 조용해?"

고개를 저으며 시선을 피했다. 잠깐 방심하면 애써 외면하고 있는 생각들이 튀어 올라서 표정 관리가 되지 않았다.

나는 해야 할 말을 제때 하지 못하면 어떻게 되는지 잘 알고 있었다. 나와 관련된 일은 내게 직접 듣는 편이 훨씬 낫다는 것도. 하지만 그건 그저 생각일 뿐이었다. 조금 달라졌을 거라고 믿었는데, 나는 여전히 똑같은 나였다. 아무 말도 못하는 소심하고 답답한 나.

"조금 피곤해서 그런가 봐요."

내가 애써 웃어 보이자 선배가 눈꼬리를 휘며 미소를 지었다. 그러고는 내 쪽으로 한 발짝 더 다가왔다. 나는 얼른 고개를 숙였다.

선배의 검은색 양말이 보였다. 검은색 양말은 내 발과 고작 일 센티미터 정도밖에 떨어져 있지 않았다. 선배가 오른손으로 내 턱을 살짝 잡아 올렸다. 반짝이는 갈색 눈과 마주쳤다. 선배가 다정하게 웃었다. 얼굴에 불이 붙은 듯 화끈거렸다.

마주한 얼굴이 점점 가까워졌다. 너무나 조심스러운 움직임

이어서, 평소라면 코앞까지 와서야 무슨 상황인지 겨우 알아챘을 거다. 하지만 오늘은 아니었다. 바로 어제, 똑같은 상황을 겪은 후였기 때문이다.

한때 에스펜과의 입맞춤을 절실하게 바란 적이 있었지만, 그 바람은 끝내 이루어지지 않았다. 이번에도 내 바람은 이루어지지 않을 것이다.

나는 선배의 어깨를 밀어내면서 고개를 푹 숙였다. 그리고 들릴 듯 말 듯 작게 속삭였다.

"미안해요."

"아니야, 내가 미안. 내 멋대로 할 생각은 없었어."

선배가 뒤로 한 발짝 물러나며 내 머리를 쓰다듬었다. 나는 고개를 세차게 저었다. 두 눈이 무거웠다. 선배는 내가 왜 미안해하는지 전혀 모르고 있었다. 그래서 더 미안했다.

"정말 미안해요, 선배."

내 눈물을 본 선배가 의아한 얼굴로 손을 내밀었다. 눈물을 닦아 주려는 것 같았다. 하지만 내 머릿속에서는 그 손이 닿기 전에 도망치라는 사이렌이 세차게 울렸다. 나는 재빨리 몸을 돌려 부엌을 벗어났다.

"마리에?"

등 뒤에서 선배 목소리가 들렸다. 하지만 멈출 수가 없었다. 얼른 이곳을 벗어나야 한다는 생각뿐이었다. 신발에 발을 억지로 욱여넣었다. 안으로 함께 말려 들어간 끈이 발등을 짓눌렀지만 아픔을 느낄 겨를조차 없었다.

"마리에, 갑자기 왜 그래? 대체 무슨 일이야?"

어느새 뒤따라온 선배가 문손잡이를 붙잡은 채 덜덜 떠는 나를 보고 대신 문을 열어 주었다. 나는 선배 쪽으로는 눈길도 주지 않은 채 바닥을 바라보며 밖으로 나갔다.

골목을 가로질러 뛰었다. 타리에이 선배로부터, 곧 공개될 사진으로부터, 그러니까 와르르 무너져 내리는 것들로부터 도망치듯이. 남자 친구, 달콤한 첫 키스……. 그토록 꿈꿔 왔던 것들에 겨우 다다랐다고 생각한 순간, 모든 것이 거품처럼 사라져 버리고 말았다.

바깥은 아직 어둑했고, 정신은 여전히 몽롱했다. 그 고요함 속에서 거실 바닥을 스치는 부드러운 발자국 소리가 들렸다. 문틈으로 향초 냄새도 새어 들어왔다. 엄마가 아침 요가를 시작하는 모양이었다. 시계를 확인했다. 7시 24분, 지각하지 않으려면 일어나야 할 시각이었다.

밤을 꼴딱 새다시피 했다. 마지막으로 시계를 본 것이 새벽 4시 반이었다. 눈을 감을 때마다 현관에 서 있던 선배의 얼굴이 아른거렸다. 결국 자는 걸 포기했다.

선배는 내가 그렇게 가 버린 뒤, 메시지를 여러 번 보냈다. 하지만 답장을 하지 않았다. 에스펜과 내 사진이 신문사 홈페이지에 올라왔는지, 이딜이 답장을 보냈는지도 확인하지 않았다. 아무것도 할 수가 없었다.

나는 손을 뻗어 휴대폰을 집어 들었다. 읽지 않은 메시지가 열다섯 통……. 한숨을 내쉬며 휴대폰을 엎어 놓았다. 보지 않아도 어떤 메시지인지 짐작이 갔다. 마가 선배는 늦어도 아침 전에 기사가 올라갈 거라 했고, 이딜은 마감 시간을 어긴 적이 한 번도 없었다. 기사를 읽고 수군거리는 아이들의 모습이 떠올랐다.

그때 휴대폰 화면이 번쩍였다. 전화가 걸려 온 것인지 화면이 금방 꺼지지 않았다. 확인해 보니 이딜이었다. 심장이 덜컹 내려앉았다. 지난 봄, 이딜과 아이스크림을 먹으며 찍은 사진으로 설정한 통화 수신 화면이 나를 재촉하듯 깜박였다. 손가락으로 브이자를 만들고서 환하게 웃는 이딜의 얼굴을 보고 있자니, 그날의 따스한 햇살과 바닐라 아이스크림 맛이 떠올랐다.

머뭇거리는 사이에 전화가 끊어졌다. 이딜은 다시 전화하지 않고 메시지를 보냈다. 나는 조심스럽게 대화 창을 열었다. 어제 보낸 것까지 총 여섯 개의 메시지가 와 있었다.

> 어제 답장 못 해서 미안해. 보조 배터리 챙기는 걸 깜빡했지 뭐야.

> 혹시 기사 봤니??

> 마가 선배는 완전 최악이야. 나더러 그 기사를 쓰라기에 끝까지
> 거부했어. 그랬더니 결국 자기가 직접 쓰더라고.

> 마리에? 타리예이 선배랑은 이야기한 거지?

> 메시지 확인은 왜 안 하는 거야? 이것 보는 대로 바로 답장해!

그리고 방금 받은 마지막 메시지는 통보였다.

> 도저히 안 되겠다! 이십 분 뒤에 너희 집으로 갈게. 딱 기다려!

일단은 이딜의 얼굴을 봐야 할 것 같았다. 영상 통화를 걸자
이딜이 단번에 전화를 받았다.

"드디어 연락이 됐네!"

이딜은 시리얼 접시를 앞에 두고 비장한 표정으로 앉아 있었
다. 평소보다 화장을 짙게 했는지 인상이 드세어 보였다. 머리에
도 힘을 잔뜩 준 것 같았다.

"기사 봤어?"

내가 고개를 젓자 이딜이 말을 이었다.

"가관이더라. 화가 나서 도저히 참을 수가 없었어."

"……나는 네가 기사를 쓸 줄 알았어."

"뭐? 나는 기사를 쓰기 전에 사실 확인을 하잖아. 그걸 누구보다 네가 제일 잘 알면서 왜 그래? 게다가 그 사진이 진짜라 해도 내가 설마……."

이딜이 숟가락을 탁 내려놓고는 휴대폰에 얼굴을 바짝 갖다 대었다.

"마리에, 정말로 내가 그런 기사를 쓸 거라고 생각한 거야?"

나는 주저하다가 살짝 고개를 끄덕였다. 이딜은 한껏 상처받은 표정을 지었다.

"넌 내가 고작 기사 때문에 친구를 배신할 것 같아? 게다가 나는 편집장처럼 가짜 뉴스를 퍼뜨리지 않아. 나름의 신념을 갖고 진지하게 임하고 있단 말이야."

물론 나도 머리로는 이딜이 그러지 않을 거라고 생각했다. 하지만 마음속에서 생겨난 불안감은 쉽게 사라지지 않았다. 이딜을 의심했던 마음이 너무 미안했다.

"미안해. 아무리 연락해도 받질 않아서 불안했거든. 게다가 그 사진은…… 누가 봐도……."

나는 입을 꾹 다물었다. 도저히 말을 이을 수가 없었다. 이딜이 고개를 절레절레 저었다.

"휴대폰이 꺼지는 바람에 노트북을 빌려서 페이스북 메시지를 보냈는데. 그쪽은 확인 안 했지?"

"깜박했어."

내 말에 이딜이 웃음을 터뜨렸다.

"이해해. 너도 정신이 없었을 테니까. 아무튼 가짜 뉴스에 기죽을 것 없어. 사이코 편집장의 희생양이 될 필요는 없다는 말이야. 사실이야 밝히면 그만이지."

나는 고개를 끄덕였다. 이딜이 밝은 목소리로 물었다.

"그러면 십오 분 뒤에 만날까?"

"그래, 십오 분 뒤에!"

전화를 끊었다. 방 안이 고요해졌다. 나는 일어나서 학교 갈 준비를 하려다가 다시 앉았다. 그리고 내려놓았던 휴대폰을 집어 메시지 함을 열었다. 타리예이 선배의 이름이 이딜 바로 아래에 있었다. 심호흡을 하고 대화 창을 눌렀다.

가장 최근에 온 메시지는 에스펜과 나의 사진이 담긴 기사의 링크였다. 짧게 덧붙인 단 한 줄의 문장도 함께.

> 네 행동을 이제 이해했어. 다시는 볼 일 없으면 좋겠다.

순간, 미친 듯이 뛰던 심장이 기어코 쿵 떨어졌다.

"맙소사! 에스페르 선배랑 마가 선배라니……. 환장할 커플이네! 두 사람이 사귀면 아주 잘 어울릴 것 같아!"

이딜이 발을 쿵쿵 내리찍으며 교문을 통과했다. 주변의 모두가 들을 만큼 아주 큰 목소리로 떠들면서. 사실 이딜은 일부러 크게 말하는 중이었다. 모두에게 사건의 전말을 알려야 한다면서 오는 내내 길길이 날뛰었다. 나도 그 말에 동의했지만, 아이들의 반응이 두려운 것 역시 사실이었다. 지나가는 아이들이 나를 계속 흘깃거리며 서로 귓속말을 주고받았다.

"조금이라도 유심히 본다면, 그 사진이 교묘한 착시라는 걸 알 텐데! 심지어 나처럼 둔한 아이도 금방 알아챘거든!"

이딜은 콧방귀를 핏 뀌고는 옆으로 지나가던 1학년을 향해 소리를 버럭 질렀다.

"이 학교 애들은 죄다 눈에 똥을 담고 있나? 다들 아무것도 모르면서 아는 척이람!"

이어폰을 끼고 걷던 남학생이 깜짝 놀라 걸음을 멈추었다.

"이딜, 그 애는 아무 관계도 없어."

"상관없어! 관계가 있든 없든, 모두가 사실을 알아야 해!"

이딜이 내 손을 잡아끌며 중앙 현관으로 향했다. 중앙 현관은 항상 아이들로 북적였다. 오늘만큼은 돌아서 가고 싶었다. 하지만 이딜은 피할 이유가 없다고 하면서, 이럴 때일수록 더 당당해져야 한다고 했다. 아무 말도 하지 않으면 오히려 소문을 인정하는 꼴이 될 거라나.

이딜이 의미심장하게 나를 돌아보았다.

"준비됐지?"

나는 어쩔 수 없이 고개를 끄덕였다.

중앙 현관 안팎으로 아이들이 빽빽했다. 이딜은 내 손을 잡고 중앙 현관문을 열었다. 그와 동시에 매점으로 이어진 오른쪽 문도 열렸다. 커다란 웃음소리와 함께 야구 모자를 쓴 사람이 보였다. 얄미운 웃음이 가득한 얼굴, 바로 예스페르 선배였다. 얄궂게도 그 뒤에는 언제나처럼 타리예이 선배가 있었다.

먼저 우리를 발견한 예스페르 선배가 발을 멈칫했다. 덩달아 타리예이 선배도 멈추어 섰다. 그제야 이딜도 조금 긴장이 되는지, 나를 잡은 손에 힘을 꽉 주었다. 나는 이딜의 팔을 잡아당기며 애원했다.

"이딜, 부탁이야. 돌아서 가자……."

잠시 망설이긴 했지만, 이딜은 발을 멈추지 않았다.

예스페르 선배가 타리예이 선배 쪽으로 몸을 기울였다. 그러고는 귓속말을 하며 손가락으로 우리를 가리켰다. 타리예이 선배가 고개를 들어 나를 바라보았다. 선배 얼굴에는 당황하는 기색도, 화를 내는 기색도 없었다. 그저 텅 비어 있었다. 차라리 화를 내면 좋으련만. 꼭 예전으로 되돌아간 기분이었다. 서로의 이름도 모르고 아무 상관도 없던 바로 그때로.

당장이라도 땅이 꺼져 사라져 버렸으면 좋겠다고 생각했다. 짙은 금색의 곱슬머리, 눈동자를 가려 버릴 만큼 긴 속눈썹, 내 머리를 부드럽게 쓰다듬던 손……. 그러나 제대로 볼 수 있는 곳이 단 한 군데도 없었다.

예스페르 선배가 타리에이 선배에게 무언가 귓속말을 했다. 타리에이 선배는 작게 고개를 끄덕이고는 고개를 돌렸다. 그리고 아무렇지 않게 나를 지나쳐 멀어졌다.

이딜이 내 침대 위에 놓인 담요 끝을 만지작거렸다. 원래대로면 국어 보충 수업을 들을 시간인데, 나를 쫓아서 집에 온 것이다. 친구가 힘들 때 곁에 있어 주는 게 자신의 철칙이라며, 지금이 바로 그런 때라고 덧붙였다.

"그러면 선배가 보낸 메시지에 답장을 안 보낸 거야?"

나는 고개를 끄덕였다. 그때 내 휴대폰에서 불빛이 반짝였다. 이딜이 나 대신 고개를 쭉 내밀어 휴대폰을 살폈다.

"에스펜이네."

"읽고 싶지 않아."

"벌써 다섯 통째야."

"휴……. 이딜, 이대로 두면 시간이 해결해 주지 않을까?"

나는 두 손으로 얼굴을 감쌌다. 속이 메슥거렸다.

"절대로. 회피는 도움이 안 돼."

이딜은 단호하게 고개를 저었다.

"일단 타리에이 선배와 이야기하는 게 먼저야. 알지?"

고개를 끄덕였다. 하지만 피할 수 있으면 피하고 싶었다. 나는 스웨터의 목깃을 끌어 올리며 침대에 드러누웠다. 해결해야 할 일들을 생각하자 마음이 더욱더 무거웠다.

"내가 같이 가 줄까?"

나는 작게 소리 내어 웃었다. 이딜이 내 옆구리를 쿡 찔렀다.

"뭐야? 왜 웃어?"

"아무것도 아냐. 그냥……, 고마워서."

이딜이 씩 웃었다.

"마리에, 괜찮지?"

나는 고개를 끄덕였다. 솔직히 말하면 전혀 괜찮지 않았다. 하지만 그렇게 말할 수는 없었다. 힘들다고 말하는 순간, 완전히 무너질 것만 같았기 때문이다.

"응, 그냥…… 네가 있어서 다행이야. 넌……, 너는……."

"말 안 해도 다 알아, 마리에. 네게 무슨 일이 생기면 내가 달려올 거야. 그게 친구잖아. 맞지?"

이딜은 손바닥을 짝 하고 마주치고는 두 팔을 벌렸다. 나는 그 팔에 기대어 얼굴을 파묻었다. 무지무지 힘든데도 웃음이 터져 나왔다. 나를 믿어 주는 지원군이 있다는 게 너무나도 든든했다. 이딜과 함께라면 무엇이든 이겨 낼 수 있을 것 같았다. 이딜이 내 머리를 부드럽게 쓰다듬으며 의미심장하게 말했다.

"걱정 마. 일주일 안에 해결될 테니까. 두고 봐."

내부
고발자

트룰스 선생님이 다리를 까딱일 때마다, 힙 시트에 감싸인 아기가 박자에 맞추어 침을 주르륵 흘렸다. 회의실은 부원들로 꽉 차 있었다. 선생님이 육아 휴직 중에 달려왔다는 사실만 빼면, 모두 모여 편집 회의를 하던 예전 모습 그대로였다.

이딜이 끊임없이 목소리를 높인 탓에, 에스펜과의 소문을 의심하는 학생들이 하나둘 생겨났다. 그 이야기가 선생님들에게까지 번져 나갈 무렵, 신문사에서는 가짜 뉴스의 문제와 신뢰성을 지적하는 내부 고발자가 나왔다. 비록 익명이었지만 나는 누군지 알고 있었다. 바로 이딜이었다.

창백한 얼굴의 트룰스 선생님은 엄청 피곤해 보였다. 피곤해 보이기는 옆에 서 있는 마가 선배도 마찬가지였다.

"어디서부터 바로잡아야 할지 모르겠네."

선생님이 부원들을 둘러보며 입을 열었다.

"너희의 의도는 알겠어. 하지만 이렇게까지 하면 안 되지. 특히 마리에에 관한 최근 기사에는 사실이 하나도 없잖아."

선생님이 마가 선배를 지그시 바라보며 말을 이었다.

"너희는 저널리즘 정신을 버렸어."

마가 선배가 고개를 푹 숙이자, 이딜이 세차게 콧방귀를 뀌었다. 뭔가 말하고 싶은 듯한데 애써 참는 것 같았다.

그때 아기가 보채며 옹알거리기 시작했다. 선생님은 아기를 어르며 가방을 뒤적였다. 그러고는 미리 타 놓은 젖병을 꺼내어 물렸다. 아기의 옹알거림이 어느새 입맛 다시는 소리로 바뀌었다.

선생님은 한숨을 폭 내뱉으며 땀을 닦았다. 그 바람에 앞머리에 우유 방울이 묻었지만 하나같이 입을 꾹 다물고 있었다.

"자, 어떻게 하는 게 좋을까? 편집장, 할 말이 있으면 해 봐."

마가 선배가 고개를 가로젓자 선생님이 말을 이었다.

"가장 먼저 해야 할 건, 기사로 내보낸 가짜 뉴스들을 솔직하게 고백하고 사과문을 싣는 거야. 마가, 그간의 보도 내용 중에서 어떤 게 가짜 뉴스인지는 알고 있겠지?"

선배가 고개를 끄덕이며 노트북을 열었다.

"좋아, 그러면 바로 시작해."

선생님 말씀이 끝나자마자 마가 선배가 부지런히 손을 움직였다. 가짜 뉴스 중에 선배가 관여하지 않은 것은 하나도 없었다. 성적 오류 때문에 스트레스를 겪었다는 선배의 이야기, 타리예이 선배의 인터뷰, 에스펜과 나의 사진……. 하지만 아무리 마가 선배가 모든 결정을 내렸다 하더라도, 때로는 방관하고 때로는 동참한 우리에게 책임이 전혀 없는 것은 아니었다.

신문 기사의 진실은 밝혀졌지만, 개인적으로 해결해야 할 문제는 아직 남아 있었다. 나는 타리예이 선배의 집을 찾아가 보기로 했다. 문을 열어 주지 않을지도 모르지만, 일단은 부딪쳐 봐야 할 것 같았다.

골목길 왼편으로 옹기종기 자리한 집들, 초록색 나무가 늘어선 가로수 길……. 선배네 집이 점점 가까워졌다. 커지는 심장 소리만큼 발걸음이 무거워졌다.

그렇게 겨우 선배네 집 근처에 다다랐을 때였다. 대문이 열리고 누군가가 밖으로 나왔다. 밖으로 나온 건, 다름 아닌 에스펜이었다.

에스펜이 발끝에 걸린 돌멩이를 툭 차고는 고개를 들었다. 그 순간, 나와 눈이 마주쳤다. 잠시 멈칫했던 에스펜이 내 쪽으로 걸어오기 시작했다. 아주 천천히, 그렇지만 단호하게. 에스펜이 대체 왜 여기에 있는 걸까?

"안녕."

"안녕."

내 앞에 멈추어 선 에스펜이 깊게 숨을 들이마셨다. 나도 덩달아 숨을 들이마셨다. 콧속으로 들어오는 바람이 꽤 차가웠다. 슬슬 공기에서 겨울이 느껴졌다. 나는 마셨던 숨을 천천히 내뱉었다. 에스펜도 천천히 숨을 내쉬었다.

에스펜이 슬쩍 웃으며 헛기침을 했다.

"이야기를 좀 하고 오는 길이야."

"누구랑?"

에스펜이 웃음을 터뜨리며, 선배의 집을 턱으로 가리켰다.

"누구겠어? 타리예이 선배지."

"선배랑? 네가 선배하고 무슨 말을 할 게 있는데?"

에스펜은 어깨를 으쓱해 보이며 가방을 고쳐 멨다.

"진실을 이야기해 줬지. 내가 너에게 일방적으로 키스하려고 했고, 너는 거절했다고."

가로수 나뭇잎들이 바람을 타고 살랑살랑 흔들렸다. 바람 한 줄기가 우리 사이를 스쳐 지나갔다. 사방이 조용했다. 바람 소리 말고는 아무 소리도 들리지 않았다. 나는 마른침을 꿀꺽 삼키며 힘겹게 말을 짜냈다.

"……선배가 뭐래?"

"음……, 화를 내더라고."

에스펜이 설핏 웃으며 머리를 쓸어 넘겼다. 에스펜의 보라색 머리칼은 이제 색이 거의 빠져서, 모르는 사람이 보면 염색을 했는지도 알아차리기 힘들 정도였다.

"나한테 화내는 건 당연해. 그러니까 상관없어. 중요한 건 네게 화를 내지 않으면 되는 거야."

침착하려고 애쓰는 것 같았지만 에스펜은 평소와 많이 달랐다. 목소리가 가늘게 떨리다가도 금세 무겁게 가라앉았다. 그 모습이 어린아이 같기도 했고, 다 큰 어른 같기도 했다.

나는 한참이나 할 말을 찾지 못했다. 기쁘면서도 미안한 마음이 들었다. 이딜에 이어 에스펜까지……. 결국 내 문제를 다른 사람에 기대어 해결한 셈이었다. 지금 상황에서 내가 할 수 있는 말은 한마디뿐이었다.

"고마워."

에스펜이 웃으며 말했다.

"저기 가는 중이었지?"

에스펜은 언제나처럼 내가 가려는 곳을 알고 있었다. 나는 말없이 고개를 끄덕였다.

"나라면 선배한테 생각할 시간을 좀 줄 것 같아. 만약에 우리가 아직 친구이고, 그래서 네게 내 조언을 들을 마음이 남아 있다면 말이야."

나는 고개를 끄덕이며 살짝 웃었다. 에스펜이 등 뒤를 힐끗 돌아보고는 기지개를 켜듯 두 팔을 위로 쭉 올렸다. 마치 무언가를 훌훌 털어 내려는 것처럼.

"다음에 또 보자."

에스펜이 몸을 돌렸다. 그리고 내가 가려는 방향과 반대 방향으로 걷기 시작했다. 에스펜의 발걸음이 점점 빨라졌다. 그러다 풀쩍풀쩍 뛰기 시작했다. 마치 가능한 한 내게서 더 빠르게 멀어지려는 듯이.

다시
제자리

엄마가 오븐에 돌린 냉동 피자를 접시에 담아 거실 탁자 위에 올려놓았다. 그 옆에는 양심상 만든 것 같은 샐러드가 작은 접시에 담겨 있었다. 엄마는 탁자 위의 음식을 보며 한숨을 푹 내쉬었다.

"어쩔 수 없었어. 솔직히 오늘은 정말……."

엄마가 변명처럼 중얼거렸다. 나는 말 안 해도 안다는 듯이 피식 웃었다.

"밀가루 음식과 치즈가 너무 먹고 싶었어."

그러고는 몸을 돌려 부엌으로 가면서 혼잣말을 했다.

"대신 내일은 해독 주스를 더 많이 마실 거야."

나는 손을 뻗어 피자 한 조각을 집었다. 때맞춰 소파에 얹어 두었던 휴대폰이 부르르 울렸다. 나는 오른손에 든 피자를 입으로 가져가며 왼손으로 휴대폰 화면을 열었다. 치즈가 티셔츠 위로 후두둑 떨어졌다. 옷에 묻은 치즈를 대충 닦은 뒤 메시지를 확인했다. 이딜이었다. 축구팀 리그 종료 파티에 가자는 내용이었다.

사실 파티에 가자는 얘기는 며칠 전부터 들었다. 하지만 타리예이 선배를 만날지도 모른다는 생각에 두려워서 계속 거절해 왔다. 하지만 이딜은 포기하지 않았다. 휴대폰을 내려놓기도 전에 다시 메시지가 도착했다. 파티에 오겠다고 한 참가자 명단이었다. 제일 위에 타리예이 선배의 이름이 있었다. 나는 잽싸게 답장을 보냈다.

> 이게 진짜라면 더더욱 안 갈 거야.

선배의 집 앞에서 에스펜을 만난 날 이후, 나는 타리예이 선배를 단 한 번도 만나지 못했다. 시간을 좀 주는 게 좋겠다는 조언 때문이기도 했지만, 한번 타이밍을 놓치고 나자 '다시는 볼 일 없었으면 좋겠다'던 마지막 메시지가 계속 생각나서 용기가 나지 않았다. 선배의 마음이 어떤지 모르는 상태로 마주할 자신이 없었다.

이딜이 닦달하는 메시지를 보냈다.

> 정말 답답하다! 에스펜의 해명에도 반응이 없잖아! 이제는 네가
> 나서야지! 타리예이 선배도 우연히 마주치길 기다릴지도 몰라.

> 그럴 수도 있지만, 오늘은 아니야.

> 마리에, 너랑 선배는 진짜야. 사랑이라고!
> 치졸한 사진 한 장으로 쉽게 무너질 리 없어.

> 그러니까 일단은 네가 먼저 숙이고 들어가.

연달아 도착한 메시지를 보고 나서 고민에 잠겼다. 먼저 숙이고 들어가라고? 이제 타리예이 선배는 자신이 모든 걸 오해했고, 내게 아무 잘못이 없다는 사실을 알고 있었다. 내 잘못이 있다면 상황을 설명할 순간을 놓친 것뿐. 그러니까 지금 상황에서는 선배가 먼저 연락을 하는 게 더 자연스러웠다. 쓸데없는 기 싸움 같기도 하지만, 자꾸만 그런 생각이 드는 건 어쩔 수 없었다.

그때 휴대폰이 또 울렸다. 새로운 메시지 알림이었다.

> 일단 십 분 뒤에 갈게.

나는 고개를 절레절레 저었다. 연락하지 않고 갑자기 찾아오는 데 재미라도 붙인 걸까? 나는 재빨리 답장을 보냈다.

> 소용없어. 네가 뭘 하든 난 파티에 가지 않을 거니까.

그 순간, 초인종이 울렸다. 엄마가 깜짝 놀라며 물었다.

"누가 오기로 했니?"

"글쎄요."

나는 몸을 일으켜 천천히 현관으로 갔다. '누구세요?' 하고 물으며 문을 열자, 향수 냄새가 코를 훅 찔렀다. 이딜이었다.

"맙소사……, 이딜!"

"이미 와 있을 줄은 몰랐지? 강제로라도 데려가려고 왔어. 그게 더 빠르겠더라고."

나는 얼굴을 찡그리며 반항하려고 했다. 하지만 이딜은 내 입을 가로막으며 자기 할 말만 쏟아 냈다.

"마리에, 네가 왜 선배를 안 만나려고 하는지 알아. 하지만 나는 너희가 이렇게 끝나지 않았으면 좋겠어. 그렇다면 언젠가는 꼭 마주해야 할 테고, 그건 빠르면 빠를수록 좋아. 체육관은 어두우니까 누가 왔는지도 잘 안 보일 거야. 만약 이번 기회를 놓치면, 나중에 거지꼴을 하고 있을 때 갑자기 마주칠지도 몰라. 그것보단 차라리 오늘 만나는 게 백 배 천 배 나을걸?"

나는 한숨을 내쉬었다. 도무지 반박할 구석이 없었다. 이딜은 당당하게 팔짱을 끼고 고개를 까딱였다.

"그 꼴로 끌려가고 싶지 않다면 얼른 가서 옷 갈아입어!"

나는 잔뜩 구겨진 잠옷 바지와 피자 소스로 얼룩진 티셔츠를 내려다보았다. 이딜이 멀뚱하게 서 있는 나를 꾹꾹 밀며 안으로 한 발짝씩 들어오더니 휴대폰을 꺼내어 흔들었다.

"지금부터 십오 분 줄게! 더는 안 돼."

협박에 가까운 억지였다. 하지만 이딜의 말에 화를 내지 못하는 나 자신을 보며 이제는 어쩔 수 없다고 생각했다. 나는 체념한 표정으로 어깨를 으쓱했다.

"알았어, 알았다고!"

등 뒤에서 이딜을 맞는 엄마의 밝은 목소리가 들렸다.

"어머나, 이딜! 오랜만이구나! 오늘 유독 예쁘네."

"마리에와 학교 파티에 가려고요. 물론 마리에는 끌려가는 거지만요."

죽이 척척 맞는 두 사람의 대화를 들으며 손에 잡히는 대로 옷을 꺼냈다. 제일 먼저 손에 잡힌 옷을 입으려고 했지만, 막상 꺼내 놓고 보니 결정이 쉽지 않았다. 결국 내 손에 들린 것은 가장 무난해 보이는 검정색 바지와 회색 스웨터였다.

"십 분 남았어!"

이딜의 날카로운 목소리가 현관에 울려 퍼졌다. 나는 얼른 옷을 갈아입고 나간 뒤 산발과 다름없는 내 머리를 가리켰다.

"이건 어떻게 해?"

"올려야지. 따라와. 내가 해 줄게."

이딜이 화장실로 성큼성큼 향했다. 그러고는 잽싸게 빗을 집어 내 머리칼을 빗기 시작했다. 타리에이 선배와 첫 데이트를 하던 바로 그날처럼.

"고무줄!"

이딜의 손이 닿은 내 머리가 아주 자연스러운 올림머리로 탈바꿈했다. 이리저리 내 모습을 살피던 이딜이 만족스럽다는 듯이 씩 웃고는 주머니에서 립글로스를 꺼내어 건넸다. 나는 립글로스를 받아 입술에 발랐다. 이딜이 내 어깨에 얼굴을 얹으며 나를 살짝 안아 주었다.

"마리에, 정말 예뻐."

환한 미소, 반짝이는 눈, 발그레한 입술, 그리고 윤기 나는 검정색 곱슬머리……. 세상 제일의 잔소리꾼이지만, 세상 가장 좋은 친구인 이딜. 나는 이딜의 손을 꼭 잡았다.

커튼을 죄다 내린 체육관은 평소보다 더 어두웠다. 미리 도착한 아이들이 벽에 붙어 삼삼오오 모여 있었는데, 이딜의 말대로 누가 누구인지 자세히 알아볼 수 없었다. 다행이었다.

이딜은 바텐더처럼 손에 들고 있는 밀크셰이크를 흔들며 춤을 추듯 발을 놀렸다. 무대 위에는 디제이를 맡은 5반의 프레드릭이 있었다. 프레드릭이 춤추는 이딜을 발견하고 슬쩍 웃으며 곡을 바꾸었다. 이딜이 나를 돌아보며 소리를 질렀다.

"내가 제일 좋아하는 곡이네!"

나는 이딜을 보며 웃음을 터뜨렸다. 이딜이 들고 있던 밀크셰이크를 내게 하나 건넸다.

"내 생각인데, 쟤가 나를 좋아하는 것 같아."

"응, 내가 보기에도 그런 것 같아."

이딜이 몸을 돌려 프레드릭에게 살짝 손을 흔들었다. 프레드릭의 얼굴이 금세 발갛게 달아올랐다. 그 모습을 본 이딜이 의미심장하게 나를 돌아보았다.

"역시."

나는 조금 전보다 조금 더 크게 웃음을 터뜨렸다. 음악 소리도 점점 커졌다. 벽에 서 있던 아이들이 조금씩 몸을 움직이는가 싶더니, 이내 하나둘 중앙으로 나아가 춤을 추기 시작했다. 이딜이 바짝 다가와 귀에 대고 소리를 질렀다.

"선배는 아직 안 보여. 올 때까지 좀 더 기다리자."

하지만 나는 고개를 저으며 벽 쪽으로 물러났다.

"이딜, 선배는 안 올 거야."

이딜이 못마땅한 표정을 지으며 눈동자를 휘휘 굴렸다. 춤을 추려고 점점 더 많은 아이들이 모여들었다. 천장에 달아 둔 형형

색색의 조명이 리듬에 맞추어 연신 깜빡였다. 그때 이딜이 씩 웃으며 내 옆구리를 쿡 찔렀다.

"오늘도 내 예상이 맞았네. 뒤를 봐!"

설마……. 체육관 문을 열고 타리예이 선배가 막 들어서고 있었다. 심장이 세차게 뛰기 시작했다. 체육관에 들어온 선배가 벽쪽으로 비켜서는가 싶더니, 이내 체육관 안을 눈으로 훑기 시작했다. 그리고 곧 나와 눈이 마주쳤다.

선배가 한 발짝 더 옆으로 옮겨 서서 허리를 쭉 폈다. 나는 꼼짝도 하지 않았다. 혹시라도 선배가 몸을 돌려 체육관을 나가 버릴까 봐 눈을 뗄 수가 없었다. 그때는 정말로 모든 게 끝이기 때문이었다.

하지만 선배는 나가지 않았다. 한동안 제자리에 가만히 서 있었다. 그런데 한순간, 딱딱하게 굳어 있던 표정이 부드럽게 풀어졌다. 심지어 나를 보며 작게 미소를 짓는 것도 같았다.

그와 동시에 내 마음속에 잔뜩 엉켜 있던 것들이 느슨하게 풀어졌다. 지난 몇 주간 나를 괴롭힌 온갖 감정들이 천천히 사라지기 시작했다. 내가 다가갔는지 선배가 다가온 건지 알 수 없지만, 어느새 우리는 중앙에서 얼굴을 마주하고 서 있었다.

선배가 먼저 인사를 건넸다.

"안녕."

"안녕하세요."

타리예이 선배가 내 쪽으로 한 발짝 더 다가왔다. 너무 붙었다 싶을 정도로 가까웠다. 나는 고개를 숙이고 선배의 운동화를 내려다보았다. 내 신발과 일 센티미터도 떨어지지 않은 곳에 있는 푸른색 운동화를.

선배가 내 볼에 손을 갖다 댔다. 나는 용기를 내서 고개를 들었다. 선배의 갈색 눈동자가 보였다. 인터뷰하던 그날처럼 예쁘게 반짝이고 있었다. 선배가 입꼬리를 나른하게 늘이더니, 얼굴을 낮게 기울였다. 아주 조심스러운 움직임이었다. 나는 앞으로 어떤 일이 일어날지 알고 있었다.

어느덧 서로의 코가 맞닿을 만큼 가까워졌다. 하지만 이번에는 움직이지 않았다. 그날 부엌에서는 피해 버렸지만, 오늘은 그럴 생각이 없었다.

선배의 뜨거운 입김이 내 입술에 닿았다. 온몸이, 온 세상이 핑그르르 돌았다. 아주 먼 길을 돌아서, 이제야 겨우 모든 게 제자리로 돌아온 것 같았다.

소문의 주인공

첫판 1쇄 펴낸날 2020년 12월 11일
3쇄 펴낸날 2022년 4월 20일

지은이 미나 뤼스타 **옮긴이** 손화수
발행인 김혜경 **편집인** 김수진
주니어 본부장 박창희
편집 길유진 진원지 강정윤
디자인 전윤정 정진희 **마케팅** 최창호
경영지원국 안정숙
회계 임옥희 양여진 김주연

펴낸곳 (주)도서출판 푸른숲
출판등록 2003년 12월 17일 제2003-000032호
주소 경기도 파주시 심학산로 10, 우편번호 10881
전화 031) 955-9010 **팩스** 031) 955-9009
홈페이지 www.prunsoop.co.kr **이메일** psoopjr@prunsoop.co.kr

NORLA This translation has been published with the financial support of NORLA.
이 책은 노르웨이 문학 협회(NORLA)의 지원을 받아 출간되었습니다.